黄岩区区域图

引自《台州影记》审图号浙台 S（2022）6 号

乌岩头古村夜色降临美景 / 黄玲琴摄

田园乐章
芮建武摄

春到版画村 | 中国柑橘博览园
周继宗摄 | 王敏智摄

橘乡盛事　硕果累累
郑麟君摄　项赛君摄

江上云朵
柯米家摄
　　　　　沙埠老街　乡村喜事
　　　　　徐海斌摄　张丹婷摄

美／叶雪清摄

晨韵 / 余沛润摄

宁溪灯会 / 蔡菊莲摄

番薯庆糕 张燕摄	沙埠豆腐十 张译文摄
做红糖 洪浩哲摄	做绿豆面 张敏摄
串节日灯 郏静妮摄	二月永宁夜色酣 梁雷宾摄

乡村如画 / 牟伟伟摄

| 油菜花开 | 丰收的季节 |
| 施进勇摄 | 赵初明摄 |

| 宣讲 | 拥抱快乐 |
| 王跃国摄 | 李志地摄 |

乡村振兴共富路 / 冯国源摄

村庄物事

天界 主编

文汇出版社

◎黄岩颂

天　界

我山峻奇。而大道无阻
东海之滨日月耀祥。万物之生各得其宜
千年古城
如苍龙吐出一粒璀璨明珠

北有龙冈，脊为界，佑一方富庶
南为院桥重镇，似虎雄踞
龙吟虎啸，万家平安
西为文化渊源之所，和九峰
东西遥相呼应

黄岩美哉。凤凰于飞，翙翙其羽
松岩山如凰，雍容、华贵
濯洗秀岭之甘泉
展鎏羽秀岭、松岩之巅
富山如凤，伟雄绵延
溪涧磬磬如琴
冥冥苍穹，凤从时间深处迎来
饮长潭清洌之水

食布袋山翠竹之精华

暮霭沉沉，凤舞凰鸣，祥云冉冉

一条澄江之水，如银河缠绕

日起霞落

薄雾炊烟，波光粼粼

这里民风淳朴，气候适宜

文化天成

四季满是诗意

荀子有云：君子居必择乡

易云：后以财成天地之道

辅相天地之宜。宜者，和顺之意也

近山之得，泽水而居

黄岩，该有的

都有了。一块黄岩石只是一种象征

一种沉淀，一种伟大的自然

纯粹的美是传神的

纯粹的神灵相通

是心无旁骛的。人有不为也

而后可以有为——

一匹岁月缝隙中的白马

终将腾空

目 录

白湖塘草木悠扬

章文花

我讨厌池塘里的嘈杂。于鱼来鱼往中
更喜欢清风明月，喜欢田头地埂的草木
悠扬

和植物交流是一件静谧而美好的事
心心相印，无须使劲扑腾出浪花
没有伪装！没有变形的耳朵和夸张的嘴
吐露着的烟雾
风是什么样，草木便是什么样
一丛嫩绿的青草
直接传递大地的心声与色彩
我向往大地怀抱植物的家园

我没有草木一样连接地心的根
我在大地之上，尘世之中
在尘土飞扬的中心，于车水马龙
踏进一幅黑瓦白墙的抽象画
在一片复杂的池塘里
在春夏秋冬里，奋力游进了
童年的荷花

头陀镇白湖塘村：美丽村庄，地灵人杰

顾士良

在头陀集镇西面，洪屿、湖岙东西两座山脉之间，有这样一个奇妙的地方，它是浙江省首批 20 个"最美村庄"之一，是省级森林村庄，是省级生态文化基地，它就是白湖塘村。

白湖塘村交通便捷，南界黄岩至宁溪至永嘉的 82 省道，长潭水库永宁江北面的农田灌溉渠道流经该村，并拐了一个弯，一直流到临海的杜岐红光。田间有村，村中有湖，湖旁有渠，水倚农房，白湖塘有着白墙黛瓦的朴素、青山碧水的清纯、田园风光的恬然，这是一个美丽的山水田园村庄。全村总面积 1464 亩，其中耕地面积 319.1 亩，山林面积 421 亩。现有人口 301 户，802 人。

关于白湖塘的由来，有个有趣的传说。相传，天蓬元帅因触犯天条，被贬入人间成了猪八戒，心情烦闷却遭蛇妖取笑，天蓬怒而大战蛇妖，蛇妖不敌，退入石洞。天蓬用九齿钉耙尽力一砸，带起一大块泥，这块泥就是现在的洪屿山，这一窟穴就成了"白湖塘"。湖底的这个石洞，直接通向东海，源源不断的东海水与湖塘流通，才使得这湖塘的水取之不竭，即使大旱之年，塘水也不曾干涸。

初夏的风，轻轻拂过，青山依依，绿水悠悠，绿野点白鹭，垂柳映镜湖。白湖塘村内良好的自然生态环境，每年都会吸引大量白鹭翔集此处，十分壮观。

自然的美景，孕育出了一批批勤劳智慧的村民，孕育出了"敢为人先、勇立潮头"的白湖塘精神，他们带"红"了一个个时代！这就是让白湖塘村更加奇妙、更加与众不同之处！

20世纪六七十年代，白湖塘村在台州地区赫赫有名，白湖塘鱼种场是全地区的淡水鱼水产繁殖基地，繁殖的品种有白鲢、花鲢、草鱼、青鱼、鲫鱼、鲤鱼等，鱼苗销往宁波、温州、金华、衢州以及台州各地。在那个年代，鱼种场的年收入能达到10万元以上，这在当时是非常了不起的。白湖塘鱼种场的存在，为头陀当地社会事业的发展提供了财力支持，这是方圆几十里的村庄都不能及的，你说奇不奇？

当改革的春风吹来的时候，白湖塘人又是先走一步，办起了"农家乐"。只见塘上架起了一座木桥，踱步上桥，穿过湖塘后，面前是一派园林景致，草地、蜿蜒小道、木质长廊，远处是山，近处是水，里面是几幢古色古香的小楼，门口挂着一排红灯笼，这农家风情，十分雅致。在这风景秀丽、条件独特的地方，煮的是本地特色的农家菜，绿色、健康，还有塘里的淡水鱼，口味地道，让人吃了还想再来。

在白湖塘村西边的山脚边，有一家酿造厂，生产白酒、黄酒和米醋。这家酿造企业也有几百年的历史了，一直都是白湖塘当地人开设和兴办的，近年来，为了酿造更加纯正而有品牌的产品，白湖塘村引进人才，由原鼓屿酿造厂的任海奇出任厂长，酿造工艺得到了进一步提升。任海奇最拿手，也是在黄岩做得最有特色的，是他生产的"文笔峰"牌香醋，可谓誉满黄城，供不应求。台州人有"吃醋"的习惯。在台州几乎所有的宴席，酒杯旁边都放着一碟醋，吃饭"无醋不动筷"，这在整个中国，也是独特的，在酒店里一直要让服务员加醋的人一定是台州人！为什么要吃醋，台州人振振有词地解释道，我们这里海鲜多，醋是用来蘸海鲜的，能起到消毒杀菌的作用。但是只要你仔细观察，台州人吃面食要蘸醋，吃红肉白肉也要蘸醋，吃凉拌菜要蘸醋，连吃蔬菜也要蘸醋。原来，这酸酸甜甜的味道，还能开胃养肝，还能美容养颜，醋的香味真是沁人心脾啊，难道台州人的血液里流淌着"嗜醋"的基因吗？白湖塘生产的香醋正是迎合了台州人的这一习俗，香飘五洲。

红糖，是头陀的另一特产。白湖塘的村民，也像周边的村民一样，把种植甘蔗作为农业的一大支柱产业。在黄岩，甘蔗的种植面积常年能达到一万亩，仅次于义乌，是浙江省第二产糖大县。在白湖塘南边82省道的南侧，就有一家"古法红糖"生产企业，专收当地村民种植的甘蔗来制作红糖，农业产业化的程度一下子提高了。传统手工制法是将收割来的甘蔗碾压出汁液，在去除纤维等杂质后，用小火熬煮五六个小时，其间不断搅拌使水分蒸发，以提高糖浆浓度，最后高浓度的糖浆在冷却过程中通过不断搅拌，凝固成为固体粉粒状的红糖。秋冬季节里，来到白湖塘，整个空气都有香甜的味道，香飘四溢。红糖不仅可以暖身，还能促进血液循环，补充铁离子，是知识女性案头必备的保健珍品。

白湖塘村人才辈出，文艺型的人才独领风骚。据《白湖塘村志》介绍，1978年出生的章文花，是中国作家协会会员、著名女诗人，著有《陆地上的鱼》《木木诗选》等诗集，作品在《诗刊》《诗江南》《扬子江》《文学报》《诗歌月刊》《诗潮》《绿风》等近百家报纸杂志发表。章文嵩是国防科技大学博士、副教授，后任阿里巴巴集团北京研发中心副总裁等，是技术专家。

在2018年进行的村庄合并过程中，白湖塘村与北面的湖岙村、东边的洪屿村合并，称为头陀镇镇西村，虽然这个村名起得没有什么特色，但村庄的体量变大了，发展规划完整了，格局更高了，特别是白湖塘村与洪屿村中间相隔着的洪屿山，天蓬元帅钉耙挖出来的，就像一头直卧着的神牛，头朝北面，前面还有一个"牛鼻头塘"，神牛得水，"牛"转乾坤，发展的机会更加有利了。合并后的镇西村非常重视美丽乡村建设，以环境整治和生态保护为重点，修建好江北渠道两边游步道，洪屿山白鹭湿地公园，种植荷花、水蜜桃等特色果树，开发休闲旅游产业，形成生态环境一流、风貌特色一流、村庄管理一流的"花园式"新村庄。

闲庭信步于乡村阡陌，心旷神怡于山水园林。洪屿山上的白鹭星星点点，白湖塘内鸭群嬉拨清波。远处有徽派的白墙黛瓦，也有现代的别墅小楼，有的坐落在稻田边，有的则在甘蔗丛中。美丽的白湖塘，就是中国最美村庄的一个代表，在"乡村振兴"的大潮中，必将绽放出她更加神奇的魅力！

白鹭湾，与画同居

柯文铮

墨黑与粉白交错
一面面墙拓印出的模样
有撒网、有秋收
有望不到尽头的石子路
有雪压满枝干素裹银装
有稻谷堆如山冈

黑白彩色
描绘生活，勾勒丰收
墙画壁画
出神入化，满面希望

与画同居
映入生活的艺术
为心灵铺路
与美为邻
倒映艺术的生活
为世代相承

版画成名，村庄蝶变

顾士良

　　白鹭湾村，是黄岩沿 325 省道向西穿过柔极岭隧道，进入宁溪镇的第一个村。该村依山傍水，村后的柔极岭连绵起伏，村前有良田郁郁葱葱，远处的田埂边就是黄岩溪，这是长潭水库入库溪流中最大的一支，汇聚了宁溪、富山、上郑三个乡镇 236 平方公里截雨面积的雨量，青溪如带，直奔长潭水库。在黄岩溪注入水库的地方有一大片湿地，常年有成群的白鹭栖息于此，这就是"白鹭湾"村名的来历。由此可见，美丽的白鹭湾，既有山的宁静与厚重，又有水的欢快与灵动，这是一个钟灵毓秀、人杰地灵的好地方。

　　这里以前并不叫白鹭湾村，2018 年村庄合并时，原先的白鹤岭下村和下蒋岙村合并，改称为"白鹭湾"。现区域总面积 3.3 平方公里，由白鹤岭下、格水潭、裘岙、新屋蒋、下蒋岙、六份等六个自然村组成，现有耕地 500 多亩，山林 3550 多亩，总人口 425 户，1255 人，全村将近三分之一的人家都姓顾。

　　早在 500 年前，就有一支顾氏族人从绍兴经仙居移徙至白鹤岭下。勾践的十三代孙摇，曾担任过闽越（在今福建北部和浙江南部等地区）的首领，因助汉灭项羽有功，在汉惠帝三年被封为东瓯王。汉文帝时，东瓯王摇的儿子期被封在会稽（今绍兴），称为"顾余侯"，顾余侯的子孙即以"顾"为姓，顾余侯就是顾氏的得姓始祖。白鹭湾村的顾氏人家，祖祖辈辈，顺天时，择吉地，在此繁衍生息，他们继承了先祖卧薪尝胆、自强不息的精神，静待时机，厚积薄发。

　　顾奕兴就是白鹭湾顾氏的杰出代表，他是台州农校的美术教师，以其丰硕的创作成果和活跃的版画社会活动，荣获浙江省版画突出贡献奖、鲁迅版画奖、"中国五六十年代优秀版画家"称号。顾老师还有一个叫"啄木"的故居，也是他的工作室、藏书室、画室。为什么起名"啄木"，因为他是版画家，木头是他重要的创作材料，他一生几乎每天都在摆弄雕刻木头，更重要的一点是，啄木鸟执着勤勉的精神、忠于职守毫不松懈的精神，正是他一生所追求的，也是他长达一个甲子的版画人生中所践行的。他一生所创作的版画被画到村子里的墙面上，成就了"版画村"之名。

从2015年开始，白鹤岭下以顾奕兴的版画作品为特色，特邀专家对全村进行规划设计，深入挖掘村庄历史文化资源，并在村舍墙体画上颇有特色的版画作品，创新打造版画主题的乡村文化旅游业。

走进白鹭湾村，我们发现，全村房屋的墙面都绘上了版画，有200余幅大型画作，以顾奕兴的版画为主，还有赵延年、张怀江等国内知名版画大师的作品。画作以黑白色调为主，立体直观地呈现版画艺术，每幅都惟妙惟肖，有描绘人物的，如鲁迅像、雷锋像等，也有描绘山水风光的雪景图、雨景图，或描绘村民辛勤的劳作，或展现当地丰收的场景等，仿佛是一场视觉盛宴，蔚为大观。

如今，该村还建成了版画主题文化礼堂，开设顾奕兴版画工作室、版画长廊、室内展厅等，时常开展版画交流活动，还成功举办了全国大学生乡村规划大赛和宁溪"二月二"全国版画艺术展，并参与协办浙江版画百年——2021年全国美术馆馆藏精品展等。

在文艺元素的吸引下，前往白鹭湾村的游客越来越多，在外乡贤和大学毕业生也纷纷返村，村里农家乐的生意红火，每逢双休日、节假日更是游客盈门。昔日的"空心村"、经济薄弱村，摇身一变，成了"网红旅游打卡地"。

围绕着吃饭、住宿等农家乐业务的发展，白鹭湾村的旅游、文化、体育设施等建设兴起来了，村里修缮了宁（溪）黄（岩）古道，古道上有单孔石拱桥、休闲凉亭。村里还建起了篮球场、羽毛球场、游泳池、健身步道、登山步道、玻璃栈道等一应俱全，打造了一个文旅产业与村庄发展相融合、自然景观与人文环境相交织，生活休憩与艺术气息相呼应的美丽庭院特色村。在白鹭湾村，就是要让历史遗存与当代生活共融，让村落景观与人文内涵共生，也要让传统文化与时代精神共鸣。

现在，整个山村弥漫着艺术气息。一面是灵山秀水，一面是精美版画，让白鹭湾村村民望得见山、看得见水、记得住乡愁。行人可以从错落有致的院落、古道中穿行、漫步，感受古人的乡野情调；在古桥上停留，看桥下溪水潺潺、孩童嬉戏，回味幼年趣事，意味悠长。村里建立起大面积湿地保护区、田园综合体，引进餐饮、民宿等文旅产业，不仅让来此的游人感受到了白鹭湾村焕发出的生机和活力，也带动了一部分村民的创业增收。游客玩得高兴、吃得开心，身处其中，真正体验"人在画中游，画在景中走"的意境。

村庄出名了，荣誉也随之而来。白鹭湾村先后被评为国家森林乡村、浙江省"一村万树"示范村、省卫生村、省健康村、省文明村、省 AAA 景区村庄、首批省级美育示范村、省民主法治村、浙江省农民画村、省美丽庭院特色村、市级美丽乡村精品村等荣誉，还入选浙江省第二批未来乡村创建名单。

这里空气清新，环境宜人。村中 80 岁以上的老人有 22 位，其中 90 岁以上有 3 位，最年长的今年已经 97 岁了。由于村中老龄化情况较为明显，在近年来发展中，白鹭湾村尤其注重完善老年娱乐设施，营造悠然自得的养老氛围。这里既有戏台，也有乒乓球馆、游泳池。古今的碰撞彰显出白鹭湾村不一样的色彩。村民们既可以听戏，感受传统戏剧的独特韵味，也可以观看一场球赛，感受新一代的青春活力。

青山、版画、屋舍、田埂……伴着知了声，漫步、骑行，清风微拂，这就是幸福村庄的模样，这就是镌刻在大地上的一幅版画。

水之弦

——富山半山行

子　秋

1

在山里水是草木的朋友
他们总是依偎前行
水也是你的亲人
他们从石头缝里流出
从石桥下流出
从石屋里流出
从山民的锄头里流出
从你的眼角流出
在山里，水就是血

2

水是从有梦的地方开始的
草木和流水打开梦呵
愿你我的手脚
都能在山高月小中
濯清涟

3

水是从人家里流出
从乡音里流出
从梨花流出

遇见你
我就成了水

安静中有水在流淌
像不说话的物什
轻轻流动的夜色
是自带智慧的
神

半山，一个诗意栖居的地方

章云龙

一个梨花烂漫的时节，我又一次来到位于黄岩西部富山乡的半山村。四周群山环绕、竹林漫野、梯田层层，半山溪穿村而过，黄永古驿道沿溪而行，村内石屋层叠，古树参天。

这个拥有"中国传统村落""省级历史文化村落"金字招牌的村落，在寂静多年后，又开始展示着富有江南神韵的独特魅力。

如果时光可以倒流，回到村庄始建的北宋年间，我们遥想，那时的半山是否也像现在这样山涧溪流穿村而过，翠竹古树随处可见？群山与水声相映后的清幽是否比现在更摄人心魄？

半山是有故事的地方。至今，仍有许多故事在流传。比如，"仙人造桥"的故事是这样的：

相传古时候，马头山至大岩柱之间还隔着一条河，出行十分不便，有个仙人发了善心，下来帮助造一座石桥。一日深夜，仙人下凡来到河边，施展法术，只见天边飞来了大黑猪一头接一头，黑猪按仙人的话来到河边造桥的地点。仙人口中念念有词，这黑猪就变成了大石头，成了桥的一部分。

造好桥墩的时候，一旁的白公鸡突然啼叫，有个小孩以为天亮了，走了出来。仙人一见，忙化作一老人，仙人向小孩行过去，故意问他有没有看到一群黑猪。小孩说："黑猪没看到，刚看见许多大石块在那乱飞，真奇怪，石头怎么会飞呢？"

仙人一听，知道法术已被识破，就赶紧收回法术，一怒之下斩了那只乱鸣啼的白公鸡。那些还没变成石头的猪也立即不见了踪影。至今，造好了的桥墩还在马头山与大岩柱之间，被斩了头的白公鸡印还在岩石上，栩栩如生。

这个村落自古以来就是风水宝地。相传祖辈曾到半山，登高瞭望，远观山势，东有云长把关，西有群山挡风，南有夕阳笼罩，北有梯田密集，中有长蛇取燕，三龟制蛇之龙穴。这里地处括苍南麓，台温黄永古道石级穿境而过，四面有群山环抱，竹林似海，财源昌通。于是，村落形成，各姓氏的人陆续迁入半山，计有金、李、翁、黄、许、周、潘、何、梁、胡、姚、戴，"半山十二姓"就这样出现了。

半山因何得名？原来其地周围村庄毗邻，东为半岭堂村，西为安山村，南依长决线，半山村到周围 7 个村皆为 5 里，不上不下，故曰半山。

历史上，在长决线未修之前，这里是黄岩到永嘉的必经之路，《黄岩志》有载。村庄因古道而兴，曾是个繁华之地。我们可以想象，当年行旅者路过古村带来的人流、物流是如何富了这一方土地，是否把此地生产的草编、竹编、箬鞋、箬帽、蓑衣、木拖鞋、纺纱等产品销往更广的市场？疲惫的行脚客人在冬日的夜晚，坐在村内的一户户人家中，温一壶村民自酿的黄依曲酒（糯米酒），就着土菜，洗去一路的风尘，也温暖了这个村庄的白天与黑夜。村内有处楠生屋，在 20 世纪 90 年代还曾是乡政府驻地。村内，势若游龙、穿境而过的黄永石级古道，已被列为黄岩区第三批不可移动文物。

当我们在木石、砖石、砖混三类建筑结构的老房子间穿梭，我们读出了岁月的风尘。依山就势，沿溪而建，因地制宜，垒卵石为坡，或以块石作基，上梁橡木构的江南二层为主的畚斗楼，质朴典雅，细节突出。江南建筑的营造法式，见证了先民们质朴的审美观与度势的智慧。近与远，疏与密，高与低，在错落中映衬出的诗意，与古朴幽静的青石小径浑然一体，俨然一幅美丽的乡野画卷。老房子的年代，散漫地在小村展开。清代民居 7 幢，有嘉庆年间的民居 2 幢、同治年间的民居 3 幢、光绪年间的民居 1 幢、宣统年间的民居 1 幢，还有 32 幢民国时期、中华人民共和国成立之初建的老屋，当然，也杂陈着 20 世纪 80 年代的楼宇。

村内，乳头屿泉涧逶迤而下，纵贯南北。一条淙淙有声的半山溪穿村而过，汇入黄岩溪，流入长潭水库，成为永宁江的水流。溪水清澈见底，溪鱼灵动，也满足了村民们的生活需求。清幽的山水，朴素的农耕状态，随处可见的长寿老人从眼前行过。村内，八九十岁的老人依然拾掇不停，最高寿的一位老人已是 103 岁了。是劳作带来舒筋活骨？是吸纳山水的精华？是工匠们创造的绝美？还是山乡文化中的平和？答案也许不一。

小村海拔 300 米左右，气候宜人。自然地形及用地条件限制，半山村被溪流、水沟阻断，自然形成南北片两个组团。周围群山环抱，竹林似海，山花烂漫，燕舞莺歌。村内，树木繁多，一家一户庭院内梨树为最。春天来了，似锦的繁花，美在枝头，也美了一季。秋天到了，枝满果实，香气四溢，芬芳了一地。其实，一年四季，半山自有不同的景致。水稻、马铃薯、花生、高山红茄、高山辣椒、竹笋、杨梅、西瓜之类的农作物及果蔬也自成一景。块石砌筑的院墙，沿墙的攀藤植物，配上香樟、翠竹、梨树、板栗、橘树、石莲、鼠尾草等绿色植物，美景怎不诱人？

当我行走在云雾缭绕、翠竹掩映、古树繁茂、梯田遍布、步步入画的半山村，村口站立了几百年却依然挺拔的红豆杉，宛如被历史融化的片片色彩，静静地立在那里。再看老屋掩映在松竹林之间，听淙淙溪流，赏花开花合，感缤纷落英，闻鸡犬之声，见"黄发垂髫"，农人日出而作，日落而息，"怡然自乐"，恍若置身于世外桃源。

千年岁月流逝，半山亘古不变地向都市的人们展示她的自然之美。当我们身心俱疲，想找一处宁静的大自然，抖落一身风尘，半山，这个充满诗意的地方，不能不说是一个理想的去所。

布袋坑村的红豆杉树

李建军

叶的澎湃，与风无关
擦拭出天空的蔚蓝
果子的红，晨阳留下的吗
船舵一样的枝干
引领着溪水的流向
指挥着村庄的奔跑
鱼群与鸟巢的絮语
叙述树的心思和呼吸
野鸭同白鹭的对视
蕴含树的深情与哲理
鸡啼和车鸣的碰撞
阐释树的向往与期许
这位村志一样的时光老人
仰望，汲取互联网般的智慧和力量

"布袋"里的风光

李仙正

雪后初晴，布袋山"眨巴、眨巴"地睁开眼睛，带着春天的讯息，走来一个多彩的世界，仿佛大地从冬眠的沉睡中苏醒，滋润万物生灵，孕育生命的呼吸跳动。消融的冰雪，成了生命之源——水，最终汇集溪流，也许成就一帘飞流直泻的瀑布，也许成为眼中的风景。但这对一个曾经穷乡僻壤的小山村来说，风舞柔弱阳光，片片斗艳的"残雪花"，即将被青山碧水的生态颜值所融化，很快消失在眼中。

布袋山村，曾用名布袋坑村，民间传说中的"弥勒佛村"。相传山上有个形似布袋的天然天坑，布袋坑村因此而名。可在佛教传说中，唐末五代僧人布袋和尚是弥勒佛的化身，广为流传一首四言诗："行也布袋，坐也布袋；放下布袋，何等自在。"

从此，留下民间故事：一日，布袋和尚云游到布袋山，经点化施法后，出现好山好水好风光的景象。有人见此，即决定在布袋山安家落户，与当地山民一起放手大干，开山筑路，植树种粮，沿着溪流顺着山形建村舍，最后形成村落，终因这里的山水都留下了布袋和尚的禅机，故又被称为布袋山村……

有关村名的由来，仁者见仁，智者见智，传说颇多，我们不必去考究。来到村口，岩壁上篆刻"中国传统古村落"七个大字，显得异常醒目，最先映入眼帘，这是 2013 年，布袋村被住建部、文化部、财政部列入第二批中国传统村落名录。该村落海拔 500 多米，位于浙东南黄岩西部的屿头乡，北邻临海市，西毗仙居县，南近省内第三大水库长潭水库，距城区约 50 公里。

整个村子规模不大，群山环绕，山清水秀。那里是，一个传统的村落，古村、古庙、古建筑，底蕴深厚，民风淳朴；那里是，一幅美丽的乡村画卷，环境优美，溪水潺潺，古桥深沉，窄巷幽邃，木屋石墙，层叠梯田，碧绿竹林；那里是，一项生态的文化工程，集摄影基地、美术写生基地、写作创作基地于一体的实践场，用文化包装的山水风景。

村庄像布袋一样，肚大口小，村舍成形，依溪筑居，沿溪而建，顺势而就，错落有致。村口有座小石桥，原来是咽喉的"布袋口"，成了村外与村内、山外与山里的界定点。走过小石桥，即进了村子，入了山里，才能感受"布袋"里的新时光，散发着人文历史的芬芳，实现从村落旧影到 AAA 级风景区的美丽蝶变。

徜徉布袋山，发现修复活化后的有青砖古巷，也有老墙旧楼。那些木屋、石屋、古庙又焕发活力，或成了打卡景点，或培育精品民宿，或成了农家乐。在开展古村落保护，不断推进美丽乡村建设，助力风景区开发提升中，以秀美独特的自然风光、丰富的美食资源和深厚的历史文化为依托，打造出集观光、旅游、体验等为一体的特色旅游村。目前，这个由山水画廊、梦幻溪、忘忧谷、叠翠屏观光、布袋山漂流等景点组成的风景区，不仅充满人间烟火味，还带动打响了布袋山馒头、豆腐、米酒等特色美食品牌。

冰雪渐融，布袋山上漫漫淌着的水，经短暂过滤后，泉水叮咚，最终汇集成溪流。当清泉流淌、哗哗作响的美妙韵律，经一番天然处理后，山还是山，水还是水，看山见山，看水见水。渐渐地，树木的嫩芽在悄然萌发，布谷鸟开始"咕咕、咕咕"声声地叫着春天，到处演奏出生态的旋律和天然的音乐，散发着春天的气息和乡野泥土芬芳。

村口有一座庙，庙里供奉着弥勒佛，猜想是为了纪念布袋和尚而建造的。偶然间，见庙里冒着烟，游人、村人正围作一圈，分享篝火时光。简单的烤火取暖背后，不仅让我勾起童年往事：每逢大雪封山，左邻右舍聚到道地（天井）里，围着火堆，老太公叼着烟斗，摸摸胡须，拉拉家常；大人们添着木柴，喝着茶，聊着家长里短，还用炭火烤起红薯、土豆；小孩子也不闲着，翻着连环画（小人书），等等；更让人触摸到老祖宗留下的传统取暖方式——这是乡音民风习俗的经典浓缩，点缀了大山深处不大被人发现的原汁原味的生活宝库，揭开了一扇生态文明、精神世界的窗口。

一星炭火，既暖身子，又暖心肺，深入人心，乡亲们相处是那样和和睦睦。虽然，这些无关月光下篝火晚会时的浪漫风月，男男女女或弹或唱、或跳或舞的美妙时光，但温暖人心的实用价值与文化内涵无不在平常的"烤火暖"中显露，一步步得以升华。这让我想到巴金散文《燹火集》中写道："燹即火把，那星星之火，可以传递多么温馨的一脉书香……"

山的沉稳，人的智慧。布袋山，一座与宗教文化紧密相连的神山，就是一部文明史的缩影，一块人文传承的处女地。它们经历了亿万年的地壳运动和改变地壳结构的进化，或许印证了被神化布袋和尚施法的美丽传说，才得以修成正果，才有了布袋山的前世今生，见证了古老文明的山村地理风貌，展示了区域旅游经济文化的热度与高度，彰显了生态活体的传承、村人生活的延续性和人与自然和谐共生的必然性。

"布袋"里的风光，沿途风景的细节体悟，却让我真切感受到心灵在旅行。

霜后思新橘

禾西西

你摸到橘皮中一封被隐藏的书信
又在橘络中，发现一枚被网住的指纹

放橘子在手心，对着老式听筒聊些旧事
安慰梦境中消逝的谣曲

你看到了吗？那些挠你脚底的小楷
正从贡橘园中钻出来

在蔡家洋，橘花是一把扇
橘的滋味是一口井

橘中十个月牙，饱满而圆润
通过测量北极星与启明星的间隙，检查手指

在心中移动速度的缓急

注：标题引自戴复古诗

贡橘怀想

王雪梅

从没有哪一种水果像黄岩蜜橘一样承载着如此厚重的历史、如此复杂而深邃的情感……

那天，两艘贩橘船不期而至，点燃了心情沉郁的逃亡之君赵构内心的希望。"橘，吉也"，这个被皇帝一职耽误的艺术家灵感突发，将橘皮做成橘灯点燃在烟波浩渺的永宁江上。史籍上描述当时的情景说："风息浪静，水波不兴，有数万点火珠，荧荧出没沧溟间。"当橘灯随波逐流，橙黄色的光洒满江面，那是足以驱散阴霾的光明和希望……

秋日暖阳下，山河溢彩，岁月流金。独立贡橘舫，远方是山，近处是橘，"树树笼烟疑带火，山山照日似悬金"，闭上眼，深吸一口气，隐隐的桂香在鼻尖萦绕，丝丝缕缕，沁人心脾！桂花黄，蜜橘甜，正是秋日黄岩最独特的色香味……

这里是黄岩城南蔡家洋的贡橘园。贡橘，是黄岩柑橘沉甸甸的品牌形象，史载，唐朝时黄岩柑橘就被列为贡品，南宋时再次献贡。那个上元夜，已被金兵追赶多日的宋高宗赵构剥开橘子，将橘瓣送入口中，我相信那是他吃过的最好吃的橘子。"橘，吉也"，说来也巧，那从天而降的橘，真就给他带来了幸运吉祥，之后，韩世忠获得了黄天荡大捷，岳飞也收复了建康（今南京），金兵被迫撤离江南，从此开始了宋金对峙的百年历史。难怪，高宗赵构对黄岩蜜橘青睐有加，一句"天下果实第一"的赞誉，让黄岩蜜橘冠压群芳，成了南宋皇家宴会上最佳的水果贡品。时任台州知府曾竑父傲娇地说：一从温台包贡后，洞庭罗浮俱避席。哈哈，有了贡橘的品牌，久负盛名的湖南洞庭橘和广东罗浮柑就只能退避三舍了。

这以后，黄岩蜜橘风光无限。明万历年间，有一篇流传甚广的文章《橘柚主人传》，描写了蜜橘畅销场景："一舟欸乃，向市而投，贾人争来交易，未几售罄。"据1944年编撰的《黄岩县政年鉴》记载："东至三江口，西至断江，南达永宁乡，纵横三十里，凡永宁江潮流所能达之地，无不艺橘。"黄岩也一跃成为台州首富之邑。

在黄岩还流传着斯大林和黄岩蜜橘的故事。毛主席首次出访苏联时，带了黄岩蜜橘做礼物，斯大林尝后赞道："黄岩蜜橘是橘中之王。"虽然这个口口相传的故事未经官方证实，我却相信它的真实性，因为两年后黄岩蜜橘开始出口苏联，开启了黄岩蜜橘鲜果销往海外的历史。

记得小时候在北方生活，很少吃到新鲜的橘子。有一年，一个四川邻居运了两卡车的橘子来卖，谁承想路途太远，等运到橘子已经烂了，只好倒掉。那堆成山的橘子散发出一阵阵橘香，我问父亲："爸，咱们老家的橘子也是这样的吧？"父亲说："咱老家的橘子个头要小一些，那是天下最好吃的橘子，别的地方的可没办法比。"后来回到老家，才知道父亲说的橘子是"本地早"，当年的贡橘就是这个品种，个不大，皮薄，汁多，酸甜爽口，是黄岩独有的品种。20世纪80年代末进行的一次普查确认黄岩柑橘品种有180种之多，唯有"本地早"是黄岩独有的品种，是黄岩人的心头爱，是天南海北的黄岩人乡愁的寄托！"徽州白梨清可口，江西甘蔗味还留。孤负十年霜信好，家山红了橘千头"，那漫山遍野的橘子哟，那是永远忘不了的故乡……

黄岩百姓对蜜橘的情感复杂而又细腻。自从宋高宗赵构在那个上元夜点亮橘灯，元宵夜放橘灯的习俗就流传开来。此外，在谢年、做除夜、祭祀等各种节庆，明艳芳香的柑橘都是必不可少的摆设。在黄岩还流传着不少和蜜橘有关的习俗，在我看来最有趣的要数"打生"了，据说，最早是在正月十五夜给不结果的老橘树打生，一个人敲击老橘树："生不生？""生不生？"一个人连声答："生！""生！"据说非常灵验，打生之后的老橘树很快就会结果。后来这一习俗成了新婚女子祈求早生贵子的仪式，正月十五夜与女伴相约打生，"生不生？""生不生？""生！""生！"月夜下的画面多么富有喜感！可惜，岁月流逝，习俗渐远，经过工业化高速发展的巨轮碾压和岁月无情的冲刷，昔日橘林环绕的小城也难觅聊以慰藉乡愁的橘园了……

蔡家洋主打贡橘品牌开发实在是匠心独运。2017年黄岩将重振黄岩蜜橘产业作为践行"绿水青山就是金山银山"理念的重大举措，在现代化的规划设计理念加持下，贡橘园几乎一夜间就成了新晋的网红打卡之地。春天，橘花音乐节，跳动的音符弥漫着橘花的香氛；秋天，重启的柑橘旅游观光节成了庆祝丰收的庆典，人们仰着脸采摘金灿灿的橘子，幸福的笑脸越发灿烂动人。据说，不久的将来，在104国道西移线两侧将全面种植柑橘，重现蜜橘之乡昔日橘林风光，我想那应该也是父亲记忆中的故乡风情吧……

"本地早"是蔡家洋的主栽品种，历史悠久，至今还保留着三株百年老橘树，敬称"橘三仙"。"橘三仙"就在贡橘舫对面，一块牌坊立在树前，很是醒目，绕树转了两圈，呵，还真是名副其实的仙树，这么老了还生机勃勃，硕大的圆形树冠枝叶茂盛，黄灿灿的橘果挂满枝头。

沿着修建整洁的石板路慢慢走着，橘园静悄悄的，小河穿园而过，给橘园增添了活泼泼的灵动。一艘仿古游船静静停靠河边，有人悠闲地坐在河边钓鱼。忽然一个骑滑板车的小姑娘从旁边橘林窜出来，笑嘻嘻地打量我，又转身骑远了，转过橘林，一对老夫妻正在给橘树浇水，长长的水柱在阳光下划出耀眼的弧线，黄澄澄的橘子挂着亮闪闪的水珠，越发显得娇俏动人。"阿公，今年天气好，橘子应该很甜吧？"我问道。"现在天气好，等摘橘的时候，就要下雨了。""为什么啊？"我有点没懂他的意思。"为什么？就让我们农民辛苦呗！"话虽如此，丰收的笑容也是真心的。忽然觉得我们每个人其实也都是农民吧，怀揣梦想，辛苦耕耘，只盼梦想成真。希望自己种下的是橘，带给自己和他人的都是满满的喜悦。"橘，吉也！"

站立橘园，放眼望去，只觉地远天蓝，清爽俊朗，真是一个美好的季节，一个美好的时代……

长潭春光

柯健君

三月，春光已经散漫在山冈和长潭的水面上
苍鹭懒懒地划过。在白云
娇嫩的脸颊留下吻痕
迎着风，我的眼里有了泪水
是为了清洗自己而流

堤坝上，当我想起那一座桃花岛
春光也闪亮起来
水中央，粉艳的桃花旁，是否
还有那一张脸庞

咖啡店隐在雾里
一辆早起的摩托粗狂地嘶吼。寻思着
要带上春光，绕长潭一圈

我的泪水不是为风而流
春光已在山冈和长潭的水面上停留
远去的那一只蜂啊，你采的蜜
在我眼里四淌

我的长潭，我的水源

璞　玉

在台州，有一个可与千岛湖媲美的地方，每个季节都会呈现出令人神往的自然景观，络绎不绝的游客从未停止过探索和亲近它的脚步，无论你是在春夏秋冬的任何季节来，这里的景色都会令你眼前一亮。春天来时，这里山水一色，百花齐放，火红的映山红开满了山冈；夏天来时，这里绿树葱茏，水光潋滟，万物都充满了蓬勃的生命力；到了秋天，绿色的山林慢慢变成了一幅色彩绚烂的调色板，红杉林以它的绝世之美倒映在这片水域里，远远望去，像一幅静美的自然山水画卷；而到了冬天，如果你在飘雪的数九寒天来，便会遇见皑皑白雪漫天飞舞，整个山林银装素裹，这片水域也变得更加圣洁，要是你足够幸运，还能看到水面上白鹭飞翔的优美身影，因此，无论你在哪个季节来到这里，你都能收获到大自然赠予你的四季美景。

这里就是长潭水库自然保护区，是 70 年来台州人民共同守护的大水缸，远在玉环、温岭、临海等地的居民，也要靠它来供应日常用水。它也是台州水利史上的一座丰碑，始建于 1958 年，竣工于 1964 年，我们的父辈大都参与了水库的建设，数以万计的黄岩儿女奔赴建设一线，把青春和汗水挥洒在了这片土地上，涌现出了"十八勇士""一百零八将""铁姑娘队"等先进集体和个人，铸就了"艰苦奋斗、甘于奉献"的长潭水库精神。参与建设者日均3000 余人，最多时达 18000 多人，靠肩挑手提，硬是把年年洪涝成灾的长潭治理成了可容 80 个西湖水量的大水缸。现在的长潭水库，水面宽广，岸线曲折，风景秀丽，是一座以防洪、灌溉、供水为主，结合发电、淡水养殖等综合利用的多年调节的大（Ⅱ）型水库，也是温黄平原灌区的大型骨干水利工程，总库容 7.32 亿立方米，2023 年度县级以上集中式饮用水水源地安全保障达标评估结果显示，黄岩长潭水库水源地评估等级为优。如今 70 年过去，它在台州人民心中的分量，上自耄耋老人，下至孩童，都是一个不可动摇的所在之地，因为，它是台州人民的生命水源。

从黄岩市区出发去长潭水库，仅有 20 余里的路程，由于距离市区近，这也是多年来每逢周末或闲暇时光，人们相约上亲朋好友，去长潭水库吃胖头鱼的不二之选，外地的朋友来了黄岩，如果说请吃长潭水库的胖头鱼，那则是无上的荣耀和尊贵了。而长潭水库大坝下的长潭村，便也在这样的需求中把农家乐一家接着一家地开了起来，去长潭水库吃胖头鱼、品农家乐、环湖自驾游，也逐渐形成了一种风潮，作为浙江省省级农家乐特色示范区，长潭村农家乐年总营业收入达到 2000 多万元。

随便走进一户农家乐里，胖头鱼是必点的招牌菜，这里的每一家饭店都将胖头鱼烧出了自己的特色，最受欢迎的烧法有两种：一种是白烧，主要以煲汤为主，往往是将整条鱼切片烧成奶白色的鱼汤，每一口鱼汤都鲜香浓郁，喝后身体的汗腺都舒展了开来，令人回味无穷。另一种是红烧，胖头鱼炖豆腐、炖年糕，还有的会在里面放一些凤爪一起炖。无论选择哪种烧法，都会令你胃口大开，将豆腐和年糕放入鱼汤中长时间烹饪，鱼汤的鲜美渗透食材，味道简直令人拍案叫绝，夹上一块胖头鱼放入口中，肉质鲜嫩入味，唇齿留香，再吃上一口炖得发泡的豆腐，一道胖头鱼就能顶一场饕餮盛宴，再加一道上汤螺蛳、家常时蔬等，每一户农家乐，都是你大快朵颐的好去处。

农家乐的发展也带动了长潭村的农副产品销售，沿途的街上便摆满了各种农产品，有晒的梅干菜、笋干、番薯肚肚等，最出名的，当然要数番薯庆糕。而我每次来长潭水库，定要买大坝下长潭村村民王贵福和王萍夫妇制作的庆糕，夫妻二人在当地制作和售卖番薯庆糕已有二十多年，他们制作的番薯庆糕还入选了"百县千碗·品味黄岩"获奖菜品名录。

而番薯庆糕在黄岩本土，尤以长潭水库边的出名，也是一道老少皆宜的甜品糕点。原料以番薯粉、糯米粉为主，可根据顾客口味偏好添加少量红糖，混合拌匀，并撒上桂花、芝麻、红枣片、葡萄干、蔓越莓干等配料，铺上屉布，平摊成两厘米左右的厚度，放进木蒸笼，再上锅蒸，待熟后，将木蒸笼倒扣在案板上，此时，番薯庆糕的香味便四下飘散出来，引得游人口水直流，纷纷竞相购买，趁热掰一块放入口中，真正是香糯可口，软而不黏，甜而不腻。每一块糕里都飘散着番薯和糯米的香气，再混杂着花香和果香，这是山野的味道，也是故乡的味道。

可别小瞧了这一笼笼的番薯庆糕，节假日人多的时候一天的收入可以达到几千元，除了供应日常游客，他们还将番薯庆糕作为一条产业链，供应给市区各大酒店，成为台州家喻户晓的一道美食。依托长潭水库的优美风光，长潭村村民靠水吃水，探索出了一条以餐饮业兴村、以服务业带动水果业发展的新路子。每逢应季的水果上市，枇杷、桃子、杨梅、葡萄、蜜橘，你方唱罢我登场，摆满了长潭村沿街的商铺门前，大大带动了长潭村村民的经济增收。

不知从何时起，长潭水库大坝边上开了两家网红打卡店，一家叫作雾里咖啡，一家叫作摩卡驿站，店就开在路边，这里成了一批摩托车骑行者的集散地。他们三三两两的从市区各个角落出发，到了长潭水库边停下，坐在咖啡店的露天躺椅上，品一杯带着"长潭"二字的卡布奇诺，一边闲谈，一边等同伴的到来，竟也渐渐成了水库边一道独特的风景线。很多路过的游客也纷纷在此停留歇息，端一杯咖啡，伫立在长潭水库边，吹着山那边吹来的风，品着远离都市还能喝到的纯正咖啡，看远处重峦叠嶂，水雾弥漫，一幅江南水乡的大写山水画卷展现在眼前，人生的小惬意瞬间涌上心头。

喝罢咖啡，自驾进入长潭水库自然保护区，沿弯弯曲曲的柏油路一直向大山的深处开去，沿途的山林喷发出春夏之交茂盛的张力，我们似乎行驶在一条通往绿野仙踪的康庄大道上。行至长潭湖深处，我们走下车，耳边传来山林里鸟雀的鸣啾，大自然是最能疗愈心灵的栖息地，这也是我无数次来长潭水库最大的理由。找一处人烟稀少的地方，坐在水库边，看一本闲书，或发一会儿闲呆，累了就闭目养神，听自然万物奏响的交响乐，内心世界便被这一泓长潭水涤荡得清澈了起来。

凤洋，橘乡新梦

柯文铮

彭公善举，梦启凤凰，古村名扬
在岁月的长河里，化作橘花的芬芳

橘林深处传来悠扬的祭鼓
绵长了独属于这的古韵
橘神送来恩赐
金秋遍野飘逸香
雪瓣祈愿
灯影流转希望惹水波荡漾

澄江如绸
蜿蜒过凤洋村的梦
澄江的涟漪
映照着凤洋的希冀
凤洋村的故事
澄江轻轻诉说
永不止休

橘香飘逸在凤洋的晨雾

古村苏醒于振兴的曙光
凤洋
在橘文化里坚定守望

凤仪之洋

徐中美

"对橘长吟君子颂，逢秋偶作屈原游。"在"橘乡小雁荡""潮溪第一山"松岩山的千年顾盼里，在惟妙惟肖的石陀人峰的静穆守望里，凤洋——像一只神采飞扬又滋润无比的翡翠凤凰，镶嵌在曲线优美的永宁江南侧江岸线上。每逢橘花盛开时节，凤洋就被沁人心脾的大片香雪海所抱拥，天地间小小的你我置身其中，恍若仙境。

黄岩蜜橘享誉古今中外。早在三国时期，当地就有种植柑橘的历史记载。唐朝时，黄岩蜜橘即被选为贡品。至宋，更被高宗赞为"天下果实第一"。据《黄岩柑橘史话》记载，1949 年毛泽东主席首次出访苏联，就特意带去一车厢黄岩蜜橘作为礼物。会见斯大林时，毛主席边请他品尝，边说："这是中国最好的橘子——不要看它个小，但非常甜，黄岩蜜橘，很有名哟！"斯大林品尝后也爽朗地作了高度评价："黄岩蜜橘是橘中之王！"

"嘉木断江赢地利，福民侍橘得天时。"有潮来际，随之长年累月冲击形成的斥卤之地，再加上地方特色品种，以及高墩栽培等农技的发明应用，使得凤洋一带的橘林自古就成了丰产方。近代著名教育家经亨颐 1935 年游历天台山、雁荡山经过黄岩时，就留有"始知名橘须高培"的诗句。据载，宋元之际黄岩每年出产的优质蜜橘中，十有其六产于澄江一带。凤洋与对岸断江、新界（断江和新界今均属头陀镇）作为澄江沿岸重要橘林，在春秋轮替间有力支撑着"中国蜜橘之乡"的辉煌版图。

建在凤洋村的中国柑橘博物馆，是国内首座展示柑橘种植史和橘文化的专题博物馆，内设橘之源、橘之属、橘之文、橘之事、橘之缘等展厅，浓缩着黄岩蜜橘的悠久历史。馆外，不远处的中国柑橘品种园中已栽培近120个柑橘品种，这无疑是个世界级的柑橘品种展示园。一些濒临消失的黄岩特色柑橘品种如"乳橘"和"满头红"等，经选育得以保护和繁衍。"不负千秋香雪海，终赢一片艳阳天。"凤洋一带1700多年的柑橘种植历史，也派生出了祭橘神、放橘灯、供橘福这些特色风俗，至今尚为凤洋群众所传承，形成了橘乡非物质文化遗产体系中一道独特的风景线。

"橘海生香传百代，莲峰出岫证千秋。"博物馆大门口附近，就建有凤洋地标——橘神塑像。仙女一般的橘神衣袂飘飘，正左手提篮、右手奉橘，她脸带坚毅、身体前倾，目光仿佛超越大片橘林，投向了比凤洋更远的诗和远方。橘神雕塑的底座背面镌刻着已故乡贤、黄岩游子朱幼棣先生的心语："春来花开如雪，秋至金果满枝。老树新林，独钟情于故乡；味甘香醇，见品质之超凡。澄江为带月为钩，神女舒袖凤起舞。问罗浮洞庭，九州佳果，谁为第一？看断江凤洋，黄岩蜜橘，天下无双。美兮橘神！伟哉橘乡！"其乡情之洌之炽，感人肺腑。正所谓"旅愁酸涩相思泪，诗意青黄不了情"。循馆前两侧簇拥"南方嘉木"的绿道往西，一江之隔的断江村橘林里耸立着黄岩蜜橘起源地纪念碑，基座上就刻有地方文史专家池太宁先生撰写的碑记："夫橘者，吉果也……世人缘君，始识黄岩；游子见之，倍思故乡。"

提起"凤洋"地名的来历，据传基于明代该村彭氏先祖留耕公有凤来仪的梦境而名，寓趋吉迎祥之意。民间还流传留耕公曾收养仙居应大猷（后官至刑部尚书，因善举其事迹曾被《了凡四训》收录）为义子的故事，民国《黄岩县新志》亦称应尚书曾为凤洋名人彭止撰墓录。此外，当地还盛传黄岩"方山双塔"来历传说中的主角——古时在九峰华盖、文笔二峰峰顶分别建"望娘""望妹"塔寄怀的石状元，后来也择居于凤洋。故事尽如云烟，无须深究，却为凤洋增添了一份异彩！翻阅邻邑仙居地方文献《仙居集》，应大猷倒真有首题为《松岩漫书》的七律佳作，诗云："重阳风雨为谁开，十八年余此再来。招隐尚多黄菊在，息机应少白鸥猜。诗篇漫写登临兴，述作何须陶谢才。醉倚松山叹摇落，更怜岩罅老孤梅。"揣摩诗意，料彼时应尚书趁重阳重游松岩、重访凤洋旧地之际，也已垂垂老矣。

"松岩山上鸟语花香，永宁江水呀源远流长。石大人带来了播种的希望，在你的山水之间温馨徜徉。凤洋凤洋，橘林飘香……"塞上耳机，我一边沉浸在夏矛先生作词、王海音先生作曲的《凤洋村之歌》旋律之中，一边跨过清风桥，走访了花台门、圣旨坊遗址、钟江庙等凤洋人文遗迹。"史籍为凭，松岩作证。"据载，明清两代，凤洋彭氏家族出了九名进士和六名举人，其中有被朝廷旌表为"义民"并敕建"义门"的彭止，有受明宪宗旌表、被誉为义官的彭存聪（字浩，彭止孙），有曾知寿州、跻身《寿州名宦志》且著有《春秋讲义》的彭汝贤（字紫云），有官至朝议郎的万历乙卯举人彭世焕（字伯素，汝贤子），有一门双进士的彭思德、彭彦簪父子，还有曾任贵阳知府的清顺治五年拔贡彭锡缨，有曾建文昌阁、凤洋闸并创办潮溪学堂的彭用巧、彭于珩父子，更有一生笔耕不辍、晚年失明仍精研经学的台州名儒姜文衡。化雨无声，每一位先贤的事迹都令人敬佩。初夏，在凤洋略带点甜的空气里一路游走，我不由感慨：地灵常因人杰！凤洋，还真是个人才辈出、物华天宝的神奇地方。

"果纳周天日月，香分吉土江村。"近年，"黄岩，一座甜了千年的城"这句城市形象广告语已闻名遐迩。而春吐芳华、夏漾深碧、秋挂金果、冬凛雪霜的凤洋，无愧为"中国蜜橘之乡"黄岩大地上一方比千年甜了更多年的凤仪乐土！

横溪的晨昏

毕雪锋

静寂晨晖之时

初阳晕染

微光透过树叶的罅隙

投影斑驳于窗棂

沿着光影

前行于横溪村间

漫步栈道，平台观景

足音回响在曲径

头顶枝叶间隙

细数那光与影的交错

恍若穿梭于时光的平仄间

鳞次的墙檐泛射着明丽的调子

交织着千年宋韵

在横亘交错的巷弄

不自禁地抚起历史脉络的青石

细雨飘落

就着那帘幕将桥影轻盈化开

水滴凝聚于叶尖

划过戈戈橘花瓣

氤氲的雾气轻拂过花语堂

煎茶听雨

看佛岭水库磨砂玻璃般若隐若现

在日月长卷里

弥漫着亘古的墨香

暮色四合，炊烟袅袅

鸟鸣于幽涧摇起年岁的风铃

呓呓乡语

梦里是江南酣然的记忆

横溪，横溪……

徐中美

"小隐横溪胜，青山照眼高。"许多回，我默诵南宋名宦、时任黄岩县尉孙应时赴访诗人虞似良途中留下的诗句，走进横溪，品读横溪。

横溪处于黄岩西南部佛岭山区台温古驿道的起点。应了那句"山不在高，有仙则名"，横溪所处的佛岭，又名佛陇山，古代即因有鹫峰寺、活佛山并塑有大石佛而得名。地因溪名，这在地名中更多见。远有慈溪、兰溪，黄岩邻县则有朱溪、仙溪、梅溪，沙埠本土更有雪溪、下溪等，何况沙埠旧时亦别称"沙溪"。自沙埠市集驱车往西南，经佛岭水库大坝北侧的靠山公路盘旋而上，横溪村就静静躺在库区的旖旎风光里。曾几何时，这个四围青山翠竹的村庄不经意间被跟前一条横向流淌的小溪所定义。

"望得见山、看得见水、记得住乡愁。"横溪，无疑就是这样一个山村。横溪的水清凌凌地流淌，看似无言，却以脉搏着的流动告诉我们：村以溪名仅是开始，地以溪兴，却将是横溪人不懈的追求。1977年底起，地方政府调动台州八方力量，历时十年费尽千辛万苦，终于在横溪下游拦水筑坝，建起了众川汇集而成的佛岭水库，造福了永丰河流域乃至西江流域大片村庄。现如今，佛岭水库提级改造成了"台州大水缸"长潭水库的备用水源，其功能地位愈发重要。更值得一提的是，眼前横溪所处的佛岭库区一带已跻身省级森林公园，相信这对提升区域生态价值会大有裨益。说到底，这些也是横溪"地因溪兴"的一种表现。

"水不在深，有龙则灵。"好山好水，岂可无潭？映衬自号"横溪真逸"的南宋著名诗人、书法家虞似良"碧潭如鉴净无尘"的诗句，绿水萦绕的横溪西、北侧，还真有两处"仙潭"值得流连。其一是双鱼潭，据南宋《嘉定赤城志》记载："双鱼潭，在县西南三十里沙埠佛岭。俗传有双鱼各尺余，金色，从溪逆上，渔人网之不得，竟入石岩。下有一小坑，涌水成潭，每祷辄应。"在两条溪流并注形成不歇飞瀑、又略带神秘色彩的双鱼潭附近，曲岸夹峙的山体正俯视一座古老、灵动的石拱桥横跨碧波，仿佛于无声中诉说着沧桑的历史。其二，则是镶嵌在花语堂不远处山腰苍翠林木之间的横溪龙潭，龙潭周遭古藤环绕、野草拱护，仰望潭后石壁，一条瀑布从天而降、飞珠溅玉，其间山色水声令人心旷神怡。据说清澈的潭水终年不涸，古时干旱季节，此潭也是乡民祈雨的胜地。我曾经读到横溪邻村人许湘女士所撰《回忆父亲许康》一文，文中述及其父许康（民国时期中将，曾历任吴淞要塞司令、江阴要塞司令）解甲归田后，"为点缀南峰，拟有八景"，其中一景就叫"龙潭碧波"。站在一泓碧水边上，我忍不住掬了一捧品尝，呀，确实是远胜某"泉"的那份清甜！

大约千年前，佛岭已是台州、温州两地沟通远方的"省道"。横溪柔美，但柔的另一面为刚，在历史的烟云里，佛岭及横溪一带也曾是兵戎屡见、英烈喋血之地。步入宋代，更屡次发生惊天动地的大事件。据清初地理名著《读史方舆纪要》载："黄岩县西南三十五里有佛岭，与乐清分界。岭北有军营溪，宋宣和中，官兵御寇结营于此，因名。"军营溪即古时与横溪相交汇的溪流，今称南峰溪，是黄岩西江的主要源头之一。宋宣和年间官兵于此结营，为的是剿灭响应方腊的仙居人、农民起义军首领吕师囊。此外，宋德祐二年（1276）四月，恰处南宋王朝岌岌可危之时，与佛岭一岭之隔的乐清，旸谷峰志士鲍叔廉策应文天祥，率当地义勇扼守温台交界处的佛岭、盘山一带，力阻元军南进，致欲进犯温州的元军数月屡攻不下。青山碧水育英才，直到清乾隆三十五年（1770），横溪人徐沧洲参加武举过关斩将，高中会元，成为黄岩清代武举科名最高者。难得的是，即便在解放前红十三军和三五支队领导的浙南革命斗争时期，横溪也处在佛岭老区的硝烟地带，加持了不可磨灭的红色印记。

伴随"一把新秧趁手青，轻烟漠漠雨冥冥。东风染尽三千顷，白鹭飞来无处停"（横溪春晓·虞似良）的画面即视感，品读远在南宋的横溪，遥想当年"田塍常满雨常余"（题横溪堂壁·虞似良）的横溪，是个渔樵耕读皆宜的理想居所。当我读到"一杯山茗雪花白，数片甘瓜碧玉香"（咏瓜·虞似良）时，委实令人生羡，不由感叹虞仲房真"横溪真逸"也！南宋建炎三年（1129），虞似良随父由余杭迁居沙埠街与徐似道（南宋著名诗人）结邻，再由街上转迁横溪，其一生曾辗转任职新昌、潼川、泉州、成都等地，业余他酷爱书法并擅长作诗，泉州九日山的祈风石上至今尚留有其书作石刻，卸职后虞则归隐横溪，专攻翰墨、诗文。据《万历黄岩县志》载："虞似良，尤工隶书，时隶法多宗汉，似良更出新意，无一食顷去笔札，至卧犹运指习点画，衾裯当指处皆裂。晚益奇古，人爱重之。篆书亦精，有《篆隶韵书》行于世。"且"诗词清婉，得唐人旨趣"，是以方能吟出"江山好景携不得，漾入酒樽和月吞"（石壁山刻石诗·虞似良）的妙句。我想，这之于横溪，何尝不是虞似良在乡言乡、由远及近的一份乡愁！

谁非过客？花是主人。从近山一侧竹林掩映的花语堂出来，悠然漫步在跨越曲岸绿地的木栈道上，我正心仪于早年公路桥石匾上未见署名的"横溪桥"三字书法极具古韵，再往前看，库区沿岸的徽派楼房甚是有味，而湖面上则斜阳投射、波光万顷。这时，前方"埠里驿站"忽地随风飘来一股咖啡香味，令我蓦地想起：横溪的"溪"，也曾"经传"于《道德经》第二十八章，原文是："知其雄，守其雌，为天下溪。为天下溪，常德不离，复归于婴儿。知其白，守其黑，为天下式。为天下式，常德不忒，复归于无极。……"其中，次句意乃：甘愿作天下的溪流，永恒的德性就不会离失，才能回复到婴儿般单纯的状态。说白了就是上善若溪，"溪"，它实质象征着 ——谦逊。这进而又让我联想到横溪徐氏后裔中的一对佼佼者——浙派古琴大家徐元白、徐文镜兄弟。徐元白，谱名曰鳌，号原泊，别署原白，从名号中即能悉得"知白守黑，泊向原处"之义。元白与其胞弟徐文镜均为清末著名琴僧大休上人的入室弟子，兄弟俩在传统艺术上各有建树，无愧为横溪徐氏后裔中的名士、逸士！

循古道、赏龙潭、寻史迹，观鹭影、品咖啡、听花语，每每徜徉于如梦如幻的横溪诗境，我便顿觉俗虑全消，令人体悟到渺小的生命与喧嚣的生活在生态面前，原来真的可以只剩下清净的呼吸，只剩真实不虚的人天感触……

蝶变村庄

章文花

从前，一辆小车也开不进来，路窄
红四村的村民回忆道

深一脚浅一脚的小土路走着走着
就变成了康庄大道

村部像一首拔地而起的时代乐章
盛产智慧、经济和村庄的未来
党领导得好！村干部说

道路四通八达！像大树的根系
延伸到社会的脉络里
内环路和东官河是连接村庄的骨骼
和血脉。连接远方、天空和梦想

"农村就是要发展壮大村集体经济"
厂房出租、过渡房出租、菜场出租
村集体经济收入达 1000 多万元

老人有保障、学子有奖励

村民领福利……

一年又一年
比起村民的幸福
东官河还是浅了些

东城红四村：农村现代化、城市化建设的样板

顾士良

台州市黄岩区东城街道红四村因合作化时的"红旗四社"而得名。红四村东至江口街道山下郎风景区，南靠九峰山，西接黄岩城区，北连红三村，总面积1100多亩，其中耕地面积400多亩，林地面积700亩，现有500多户，1600多人，党员57人。红四村是一块难得的风水宝地，巍巍的九峰山延绵到此就像一只手掌将她三面护住，弯弯的东官河在村北缓缓流过，直达海门，这是一个靠山得水的地方。

过去的红四村和其他普通的村庄没什么两样，虽然近在城郊，但也不通公路，连小轿车也开不进。20世纪90年代，我在城关镇工作，红四村属城关镇的镇东办事处，到红四村了解民情，是沿九峰山边上的田间小路进村的，路面还是用一块一块的小石板铺就的。当时红四是个纯农业的村，老百姓收入低，村内矛盾积案多，村容村貌差，干部思想落后。无论从哪个方面，都进不了先进的行列。

让红四彻底改变面貌并飞跃发展的是2012年开始的"内环线工程建设"和随后的"东官河综合治理"这两个重大项目。经过十几年的发展，现在的红四村是黄岩城区东出内环北路的第一村，也是黄岩第一个彻底完成城中村改造项目的村庄。出现这样翻天覆地的变化，是很难想象到的，这真可谓一个奇迹！

走进红四村村部大楼，"红四精神、红四速度、红四奇迹"这几个字特别醒目。如果有一个时间轴，你就会发现，红四村的"精神、速度、奇迹"在2013年就已全省闻名。红四村城中村改造项目是市政府下达的拔钉破难项

目之一，共涉及全村 500 多户，土地面积 1000 亩，其中内环快速路涉拆 360 多户，占黄岩段拆迁总量的三分之一以上，是内环路建设的重要节点，另外还涉及高层住宅建设和村留地建设拆迁 120 户，其工作量不言而喻。红四村的奇迹就是奇在短短两个月内，几乎完成全村拆迁协议的签订，比市里下达的任务提前三个月，顺利完成了政策处理工作，实现了无障碍施工，确保了重点工程项目的顺利进行。

之所以能创造这样的奇迹，有赖于村党支部书记和村委会主任的密切配合。从 2007 年开始，他们一心扑在工作上，带领村子发展。"火车跑得快，全靠车头带"，村里的大事难事他们都是自己带头干，特别是在拆迁签约过程中，党支部牵头组织召开村两委会议，要求党员发挥先锋模范作用带头签约，村党支部书记和村委会主任则带头签约带头拆建，村两委和党员主动包干，做好村民思想工作，这是一支善于打硬仗的队伍！"村委会主任家拆得最早，我家第二。带头自拆，才能给村民做出好榜样，百姓才能信服。"村支部书记说。为了做好拆迁工作，村委会主任放弃了原来搞土建的主业，这也相当于放弃了一年 100 多万元的收入，这不是普通人能有的魄力和决心。由于他们在工作中获得了骄人的业绩，2018 年 2 月，被中共台州市委组织部、宣传部、台州市民政局联合授予台州市村级"和合好搭档"。这是一个来之不易的荣誉！

十多年的搭档中，他们逐渐形成了默契，始终把壮大村集体经济作为提高村民幸福指数的一号工程来抓，先后争取了整村改造、天长路旧城改造过渡房建设、村集体厂房改造、菜市场改造等区、街道重点项目。如今，2200 平方米新菜场已投入使用，天长路区块一期过渡房开始入住，20 亩村留地商业办公用房项目进展迅速。村集体经济也从 2004 年的几乎无收入到如今每年有了近 1300 万元的收入。

一幢幢黄白相间的小洋房错落有致，典雅素净的立地房整齐划一，清澈的东官河围绕着小区缓缓流淌，这是红四村的新面貌。而走进红四村的套式安置区，映入眼帘的则是干净整洁的路面，错落有致的绿化带，健身设备、停车位、物业管理等配套设施一应俱全。红四村从原来破旧村貌到如今的大楼林立、交通发达、环境优美，一切都是现代化新村的模样，村民的幸福之路越走越宽广。

"这几年，我们村的变化真的很大。"村民说。红四村以前像样的村路也没有，连辆轿车都开不进来，外来车辆侧翻掉落在河道里的事件时有发生。现在村路开阔平整，菜场就在村口，生活非常便利。在该村，60—80岁的老人每年可以领取8400元补贴，80岁以上的老人可领10800元。

红四村爱心食堂还开展了"老年助餐暖心行动"，获得多方好评。食堂每天伙食标准为两素一荤一汤，红四村老人每餐标准为：60—79岁4元/人、80—89岁3元/人、90岁以上全免。坚持"让老人吃好，让子女放心"的原则，村支部安排专人在食堂"督工"，从菜品到整个食堂的卫生安全，都以最严标准要求，每天记录，定期汇报。一份饭解决一个难题，一份饭关爱一个群体，红四村老年人的幸福感油然而生，这是一个真正努力实现"老有所养、老有所乐、老有所依"的地方。

红四村两班子一直以来坚持稳中求进，完整、准确、全面贯彻新发展理念，切实增强经济活力、防范化解风险、增进民生福祉，保持农村发展稳定，并扎实推进"清廉村居"建设，强化基层综合治理，深入开展矛盾纠纷排查调处工作，加强以党支部为核心的配套组织建设，完善"三化十二制"，继续抓好治保会、调解会和群众性群防群治组织建设，着力推进居民住宅区治安防范工作的落实，联合村妇联组织开展评选平安家庭、五好文明家庭、文明新风户、遵纪守法户等活动，红四村的社会风貌焕然一新，今后也必将得到新的提升。

站在后庄整洁的路口凝望

林海蓓

站在一排排楼房之间
我一时无法把它与村庄相联系
这分明就是在城里啊
一丛丛鲜花开出主人的欢欣

曾几何时
这里也是房屋荒凉　道路泥泞
村民们眼里有期盼也有怀疑
渴望有一天也能像城里人一样
脸上写满欢喜和自信

2001 年，时代给后庄带来了机遇
工业园区的推进给农户新的生机
而村里更是牢牢抓住了机会
让村容村貌彻底更新

"千万工程"的号角吹响
后庄人民更是积极响应
付出的心血终将有回报
仅仅二十年

一个崭新的村庄呈现在人们眼前
让每一个平淡的日子都充满了诗意

如今的后庄是花园式村庄
富裕起来的村民依然朴素而真诚
他们尽力地爱护着自己的家园
保持着乡村宁静而高贵的心

无限春光后庄村

沈　琳

春寒退去，无论晴空明媚还是斜风细雨，都带着这个季节特有的惬意。我们就是在这样一个"梨花风起正清明"的舒爽日子里来到黄岩区北城街道后庄村的。

走进后庄村，首先映入我们眼帘的是整洁干净的村容村貌。你看：宽阔的马路，两旁是一株接一株的行道树；来来往往的车辆，运送着进出城区的人们和满载着的各种货物；掩映在绿树丛中、统一设计的别墅式农民公寓；房前屋后葱茏茂盛的植物；路上行人匆匆而稳健的脚步……

后庄村村域面积 0.31 平方公里，全村共 550 户，户籍人口 2001 人。后庄村在黄岩享有得天独厚的地理位置——城乡接合部。这里既有离城区近、发展节奏紧跟"中心"的地域优势，又有村民不用像传统农民那样背朝青天、面向黄土、挥汗如雨、辛勤耕作的生活方式。

可是，这些优势在 20 多年前并没有显示出来。与当时的整个社会发展轨迹一样，后庄村原来也是一个纯农业村。村民们记得，昔日的后庄村房屋矮塌，进出机耕路，集体经济落后，村民们看不到向前的"路"。2001 年，随着黄岩经济开发区西工业园区的推进，后庄村四周开始工厂林立，来自全国各地的打工者蜂拥而至，给村民的生活带来了巨大变化。

2003 年 6 月，浙江省委作出了实施"千万工程"的战略决策，后庄村是黄岩第一批响应的村庄。他们以此为契机，启动了全村农房改造，仅两年，这方 0.31 平方公里的土地上，700 余间小康式住宅拔地而起，全村 550 户村民户均住房面积达到 280 平方米。他们以产业振兴为引擎，做大做强村级集体经济，带领村民增收致富。通过建市场、兴商业、发展服务业，逐渐形成了以模具设计、加工、塑料成品销售等一条龙服务的产业带，村集体收入超过1000多万元，村民每人每年年终分红达3000元以上。2021年，后庄村主动融入黄岩区"二次城市化"进程，投资1600余万元建设"翠屏晚集"夜市一条街，打造集亲子乐园、美食餐饮、休闲娱乐于一体的花园式夜生活空间。

20多年来，后庄村两委班子一任接着一任干，持续更新村庄建设，依托紧靠西工业园区的区位优势，先后建起了商铺、综合楼，打造了餐饮一条街、物流一条街、家教一条街等特色产业区块。村集体经济收入也从2004年的近10万元跃升到2022年的1300多万元。

有了雄厚的"家底"，他们按照全域美丽"大花园"的目标，通过庭院"小美"构建村庄"大美"，在农房之间铺装绿化园路，改造花坛围墙，增设小台门、绿篱种植，提升公共绿化景观。同时，积极向上级部门争取项目、资金，后投入1000余万元先后建成了文化礼堂、党建路、法治公园、文化广场、滨水长廊等一批景观节点、活动场所，组建排舞队、大鼓队、太极队等文艺团队，并成功打造"后庄村晚""益行后庄"等文化品牌。同时，依托传统节日，精心策划形成了一批如大暑时节送清凉、重阳节敬老礼、元宵喜乐汇等活动，年年举办、不断创新，逐步形成特色文化品牌。

村里还积极建立完善居家养老服务体系，实现村中600余名老人每月可领养老金，70周岁以上老人在居家养老服务中心免费享受一日三餐，80周岁以上老人全部配备具有健康数据监测、自动急救报警、GPS定位等功能的健康手环，真正实现智慧养老……

在后庄村文化礼堂的展示墙上，各种荣誉证书整齐排列，像是一块块铺路石，记载着一路奋斗的坚实脚印，也呈现出一路高歌繁花似锦："全国民主法治示范村""省级全面小康建设示范村""省善治示范村"，全市党建现场会观摩点之一，台州市村社考评"优秀村社"，"全国五四红旗团支部""浙江省示范妇女微家""浙江省农村引领型社区"等荣誉称号，走出了一条高质量发展的蝶变之路，成为全区新农村建设的排头兵。

尤其让村民们引以为豪的是，2004 年，浙江省委对黄岩区村级治理"三化十二制"给予充分肯定，要求"进一步探讨、总结、完善、提高，进而推广"。后庄村第一时间践行"三化十二制"，成为排头兵、示范点，同时也成为提炼新时代"三化十二制"的重要样板……

　　难怪村民们说："后庄村的改变，受益的都是我们村民，不仅加深了我们对自己村庄的感情，大家住得也更舒心。"

　　如今，走进后庄村，你会感受到一种平静。一种春光里满怀希望播种后的平静，一种庄稼成长正在灌浆的平静，一种辛勤付出后等待下一个季节收获满满的平静，一种踌躇满志展望未来的平静……

　　肯定有那么一天，后庄村又会以新的姿态，如春天般惊艳我们的眼睛！

平田黄溪村

天　界

黄毛山有修仙之人。遗世而独立。
天空之城是不是道场?

长潭水库的水流淌而过,
枇杷,杨梅,樱桃选择时机纵身一跳,
是不是很甜。

黄毛山之巅,每一朵云都湿漉漉的。
茶叶,是不是没有性别限制。

再往上看,那里隐藏着星星,
月亮出来时,所有虫鸣开始合奏。

往下看往远处看,直到满城灯火布遍。
一条淡蓝色长潭水,如有弹性,
缀满钻石的飘带。

它流向何处。这里的山比天空略低。
刚好可以捋一捋往来无踪的风。

天空之城——隐匿于黄溪村的心灵家园

璞 玉

在黄岩，有一处神奇的地方，叫西部山区，这里是台州人心中休闲娱乐的后花园，每当人们在都市的一隅身陷烦闷之时，便会升腾起投入它怀抱的渴望。

而藏匿于西部山区深处的黄溪村，也因了一座近年蹿红的网红打卡地——天空之城，便被外界日渐熟悉了起来。

从黄岩市区出发去平田乡黄溪村，有25公里的路程，驱车需在山路上盘旋一个小时方能抵达，从喧嚣的城市走向静谧的大山，是一个人心灵寻找栖息的过程。当车辆行驶至长潭水库自然保护区时，便距离我们的目的地不远了，车窗外是碧波荡漾的长潭水库，在群山环绕之中美得犹如一座圣湖，而天空之城景区就位于长潭水库自然保护区黄溪村里的黄毛山上。

不知道绕了多少个弯，随着目的地的临近，远远的，你会看到一片生机勃勃的茶园，三三两两的茶农正在茶园里劳作，从一片废弃的茶园，摇身一变成如今人声鼎沸的网红打卡胜地，这里正发生着惊天动地的山乡巨变。从无人知晓的山野茶园变成如今响亮的绿茶品牌——山野天露，这里早已变成了集观光、旅游、度假、茶文化体验于一体的文旅康养园区，而黄毛山300亩的老茶园也发生了翻天覆地的整改升级，早在五六年前，负责人黄国煌先生便远赴杭州，聘请龙井村资深茶农现场指导，从耕锄培土到补种缺株，从购置机器到培训工人，废弃的茶园被彻底盘活。

进入景区，只见一顶顶别致的白色尖顶露营帐篷搭建在山野之上，几座半球形的星空房四散其间，据悉，园区拥有34间不同形态的房型以及200多个露营帐篷，有月揽星河 360° 星空房、星野云踪·野奢帐篷、日月星辰小木屋等，这些建筑分布在茶园四周，与自然和谐共处，形成了一个远离都市的心灵家园。

不远处，一座由黑白琴键打造的悬浮岛直入云端，一位身穿白色连衣裙的女子正缓缓走向天幕，此情此景在蓝天白云的映衬下，宛如一位跌落凡间的仙女，正在走向通往天界的路上，这一刻带给人的视觉冲击，令人觉得每一位登上悬浮岛的凡夫俗子，都能做一回神仙，看着人们排队等着打卡拍照，毫无疑问，这里已成为游客热衷的打卡景点。

再往里走，放眼望去，由于地处环长潭水库最高峰，站在海拔 700 余米的黄毛山上俯瞰长潭水库，一座座小山丘将长潭水库分割成一片大大小小的湖泊，像极了千岛湖的样子。每年 5 月至 10 月，长潭湖上蒸腾的水汽在半山腰以上形成飘渺梦幻的云海，"天空之城"因此得名。置身于美景如画的大自然里，突然，你那份原本被俗事缠绕的烦躁心境，就那样毫无预兆地平复了下来，你站在山顶之上，什么也不说，只需大口吐出胸中沉积已久的浊气，再深深地吸上一口带着茶园芬芳的新鲜空气，那一刻，你便明白，这里为何能在万千网红旅游胜地中脱颖而出，因为，这里的每一口空气，都会成为你值得一来的理由。

沿着一条由玻璃铺成的路向水库边走去，路的左右两侧是正在抽芽的茶园，仿佛这是一条通往极乐世界的清静之路，走在上面颇有净化心灵之感。玻璃路的尽头是又一个热门的拍照打卡地——天空之镜，这是一个由无数块镜子做成的观景台，站在上面，天空的倒影和人的倒影相映成趣。此时，站在山顶之巅登高望远，长潭湖水面波光粼粼，一座座小岛静静地矗立在水中，好一幅江南水乡里的自然画卷。微风轻拂过脸庞，像极了恋人温柔的手。远山如黛，绿草如茵，四野一片青碧，我也如一只逃出都市束缚的困兽，自由自在地撒欢于山野之间，那一刻，什么也不想，放下所有的烦恼与忧伤，把自己完完全全地交付给大自然。当我们融入自然万物，瞬间便成了世间最自在的人，我们在天空之镜上举手或投足，跳舞或静默，都于这方天地中留下了最美好的回忆，蓝天为证，苍山为媒，此刻的我们，是灵魂最接近自己的样子。

从天空之镜走进茶园，又像是进入了一个童话世界。小朋友们熟悉的卡通龙猫，正懒洋洋地躺在阳光下晒着肚皮，一架坐在上面可俯瞰长潭湖的秋千，正等着你坐上去放松身心，宫崎骏童话世界里的同款园丁机器人，正站在茶园深处召唤着你，不论你是少男少女还是大爷大妈，抑或是背负工作和生活压力的中年人，站在园丁机器人的面前，内心深处都能升腾起一片柔软来。始终觉得，无论到了多大年纪，每个人的内心里都还住着一个长不大的自己，唯有在某一个特定的时刻才能释放出来，而置身于天空之城，就能让你做回原本的自己。

逛罢茶园，坐在长潭水库边的云上茶室里，喝一杯今春新炒的绿茶，面前的茶汤色泽清亮翠绿，执于手上放鼻前轻嗅，小嘬一口放入舌下停留片刻，再慢慢咽下，从口腔到腹腔便会涌出一丝清香热气来，真如天露一般沁人心脾。我们坐在茶室里闲谈、品茗，或看山、看水，或发呆、放空，都应该是身心最惬意的时刻。抬眼看，远处水上的雾气已在正午时分散去，蔚蓝的天空映衬在水面上，将水库装点得更加圣洁，我们一行人坐在茶室里，耳边传来舒缓的茶音乐，在大自然的怀抱里，彻底地放下了俗世的纷扰，就那样回归了自己。

显然，在天空之城待上半日是远远不够的，这里的早、中、晚带给你的心灵体验，是完全不同的三种感受。在这里，你可以早上观云海、日间观山水、傍晚观日落、夜晚观星河，此外，各种娱乐设施也是一应俱全，如果你得闲，我定要力荐你在这里住一个晚上。无论你是喜欢自然景观还是喜欢体验户外刺激，抑或是回归年少时光，这里都能满足你的各种需求：坐上童话世界中才能有的小火车，把自己活成一个孩童；踏上环绕长潭湖遨游的直升机，把自己活成一位视察大好河山的王者；如果还嫌不够刺激，再去体验一把滑翔伞，或者是山野卡丁车，把自己活成一名不惧艰辛的勇士；如果你什么都不想做，就那样漫无目的地四处走走，看看，做一回大自然的孩子，那也是极好的。

这几年，随着天空之城的发展，这里一直致力于推动乡村振兴和农旅融合，以茶叶采摘、星空露营为核心，集高山观景、户外拓展、农事体验、科普教育于一体，已经形成了一个完善的新型农文旅休闲度假园区，近年来吸引了大量的游客前来一睹芳容：2023 年中央广播电视总台跨年晚会在这里起航；浙江卫视金牌节目"青春环游记"来天空之城拍摄，获得省级卫视收视率第一。央视旅游综艺"旅行加速度"在天空之城录制，通过旗下传媒公司的全媒体矩阵，各个新媒体平台总粉丝量突破 1000 万。高德导航搜索天空之城频次高达 1 亿余次，百度天空之城累计多达 7 个亿的点击量，荣获 2023 年度中国最美营地华东区营地，2023 年浙江省十佳户外营地……

如今，天空之城又与黄岩区平田乡黄溪村签订了合作协议，建立了小橘灯农旅融合式共富工坊。山里山外、线上线下结合，坚持绿色发展道路，相信在未来的时光里，定会共同打造出属于我们的心灵家园。

鸡笼山，游鉴洋湖

任诗绮

钟磬齐响时，芦花在
水雾之间无声汹涌。

天与地只用一种色彩描摹，
但贴近水面时会有质感的交错。

渔人满载熹微晨光，
咀嚼湖光中剔透的音色。

船舷上的鹭鸟孤独嘶鸣，
仿佛神启之音。

我于是放下苍老的桨，
悠然停泊在历史的背面。

鸡笼山村：鉴湖溯古，鸡山寄情

任诗绮

秋日，我与友人第一次到鸡笼山游玩。车窗外的风景由热闹早市的喧嚣慢慢过渡为朴素民居的宁静，随之而来的便是如油画一般浓墨重彩的大片金色稻田。许是因为湿地面积大，此地常有晨雾。朦胧间依稀可见两侧路旁圩田垄垄，港汊纵横，白鹭嘶鸣而过。路上鲜有行人，偶尔几声犬吠鸡鸣反倒衬得村子更为静谧，颇有"世外桃源"之美感。

鸡笼山村坐落于院桥东部，由胡家桥、盈岙、鸡山、鸡笼山四个自然村合并而成，村内有 2000 余人口。为何称为鸡笼山村？对此有多种说法。明《万历黄岩县志》卷之一·舆地志上·山川如是记载："在县南二十五里，旧有锦鸡栖此，山洞形如笼，故以为名。"又据《黄岩文史资料》（1997 年第十七期）所述："（鸡笼山）坐落于距市区 20 公里的鉴洋湖北岸，海拔 164 米，顶部高耸，很像一只木鸡笼。又传古时有凤凰（锦鸡）飞入山上岩洞不复出，而得名鸡笼山。"还有一种说法则是由同事转述村中老人的讲法，从远处高山俯瞰，村内的群山轮廓是一只鸡的形状，与中国地图的形状十分相似，因而曾经称为"鸡山"。直至 1949 年 5 月黄岩解放时建政设鸡山乡，1956 年 8 月鉴湖、鸡山两乡合并后，又统一名为鉴湖乡。历经变迁，风貌迥异，现属院桥镇，得名鸡笼山村。

行至村中，微凉的秋风已吹散雾气，远处连绵的青山好似水墨般从薄雾中洇出，群鸟盘旋飞掠，山脚下一块块金灿灿或绿茵茵的田垄大小不一却各自齐整，严丝合缝地拼接出一幅乡村闲趣图来。渐渐地，近处民居有了袅袅炊烟和人语声，整个村庄就如此醒了过来。秋日阳光和煦温柔，照耀着这一片祥和的福地。湖光山色旖旎，自然风景美不胜收。难怪自古以来鸡笼山便被视为祥瑞之处。据南宋《嘉定赤城志》、大明《一统志》等古籍记载："鸡笼山，在县南二十五里，旧有锦鸡栖此，山洞形如笼，故以为名。俗传星月晦明，则光彩烛天，人以为怪，一日天阴，晶彩昼见，或视之，则金宝满山，竟往取之，辄皆灭没，故老皆呼为许公藏。"可见鸡笼山早负盛名。

自古以来，鸡笼山一带人才辈出。清光绪三十一年（1905），御史杨晨与当地名士尤涛、南舜谱等人一同筑堤围湖，在湖心的沙洲上建造一幢精致西式别墅，名为"寄傲轩"（取自陶潜《归去来辞》之句"倚南窗以寄傲"），花木环屋，甚是雅致；在其南侧，筑有一座别致凉亭，名为"湖心亭"。杨晨晚年隐居在此著书垂钓，每逢三月三、九月九，与文友们相聚吟诗作赋，留下"金鸡碧马，携手青山赴偕影；银鱼紫蟹，盟心白水会忘年""门外湖光十里碧，座中山色四周青""桥横群谁合，山断夕阳疏"等佳句，形容的正是鸡笼山和鉴洋湖的宜人风景。虽然寄傲轩、湖心亭的建筑已然在历史长河中消散，但杨晨等文人留下的诗词文赋仍不绝于耳。

在游览鉴湖老公社遗址时，我们巧遇一位银发老者。精神矍铄的他讲述了许多本地传说，如鉴洋湖传说、镇锁桥的故事、金鸡与凤凰、老继娘坟等。时光沉淀，岁月淬金，历史故事纷纭，为鸡笼山村蒙上一层神秘迷人的面纱。在这些传说中，当属关于鉴洋湖的最为有名。上文提及的清代御史杨晨的"寄傲轩""湖心亭"原址便在此处。作为国家级湿地公园，鉴洋湖可谓当地的自然瑰宝。传说中此湖由汪洋大海沧桑变化而来，湖水浑浊，苦涩且咸。一天，天庭的仙女服侍王母娘娘梳妆时不慎跌落宝镜，正好坠入湖中。神奇的是，原来浑浊的湖水忽然变得清澈，甚至泛起淡淡的甜味，湖中鱼、虾、蟹游弋穿梭，白鹭在岸边芦花荡中自在飞翔，大湖如一面镜子般清透闪亮，与日月同辉。因为"鉴"意为镜，村民们就把这口大湖称为鉴湖或鉴洋湖。《山水记》古籍中亦有记载："鉴洋湖，纵一里，横五里，为东南巨浸。中有沙洲芦荻，鸡鹈鹚鹕，翔舞其际，水多银鱼，长寸许，小如韭叶，色白如银，味最美。击楫中流，恍如剡中风味。"据考证，鉴洋湖是由古海湾演变而来的潟湖，是黄岩最大内湖，盛产银鱼、鲈鱼、湖虾、田蟹等，肥鲜味美，远近闻名。现今湖上还留有建于明末清初的古建筑镇锁桥和泽洋桥，还有湖上随水位升降的神奇浮岛，都在无声地为鉴洋湖诉说着过去的盛况。镇锁桥是浙江省级文物保护单位，亦称鉴洋桥，长135米，宽2.5米，横梁上刻有"镇锁桥"及"乾隆五十六年重修吉旦"等文字，古时是黄温驿道的必经之桥。

我们兴致盎然，搭乘一艘小渔船，在淡绿湖水与蔚蓝苍穹之中穿行，如同广阔天地间的渺小蜉蝣，散去烦忧和俗扰，徒留悠然淡泊的心绪。难怪乎诸多文人骚客曾在此借景抒怀，爱国诗人戴昺（陆游门生、戴复古之侄）曾作过一首《夜游鉴湖》："推篷四望水连空，一片蒲帆正饱风。山际白云云际月，子规声在白云中。"清代诗人张梦禹也曾在此泛湖高歌："为爱湖光好，乘风夜泛舟。帆从莲渚转，月向酒杯浮。"两诗都有相似的意趣。

鉴洋湖的美景百闻不如一见。只见淡黄芦苇依着鉴洋湖湿地丛丛而生，根茎纤长，花穗摇曳。透过芦花，青泥筑成的矮堤映入眼眸。湖水清澈透亮，微波起伏，在阳光下闪闪发光。岸边泊着几艘木制小渔船，随意放着一些堆叠的渔网，还有一些已被抡圆了散入湖中。不远处的田埂小路上，有个戴草帽的渔民提着鱼桶，惬意悠闲地走来，嘴中还哼唱着曲调悠扬的田垟曲儿。田垟曲儿也是鸡笼山一带独特的歌谣形式，又称为摸田山歌，唱腔悠扬高亢、朗朗上口，是黄岩区本土优秀非物质文化遗产。

"鸡山晨钟"亦是鸡笼山名景。此地历史文化悠久，寺院庙宇众多，如宝轮寺、杨府庙等。每逢祭祀、地方节庆等重要日子，钟磬争鸣，响彻天际。据《万历黄岩县志》所载："宝轮寺，在县南二十五里鸡笼山，吴赤乌中（238—251）建。寺后有一石碧色，每润泽有光，则天必雨。"而杨府庙则供奉北宋杨家将，按《路桥志略·岁时习俗》中载："五月十八日，男女成群，画船布幔，携箫鼓酒馔，往游鉴湖或上鸡笼山杨府庙，烧香观剧，穷日而归。"每年农历五月十八日是杨业（杨府大神）"寿诞日"。前后二十天，朝山进香者近万，香火极其旺盛。这也再次印证了鸡笼山是祥和福地一说。

　　近年来，黄岩区人民政府接过历史递来的陈旧画笔，蘸满风华正茂的新墨，以保护湿地为核心绘就鸡笼山村发展的新蓝图。或许几年后，再于灵秀群山之间泛舟鉴湖时，又有一番令人目酣神醉的新景色。

（参考文献及资料:《黄岩文史资料》《鉴洋湖文集》）

月下吉岙村

禾西西

半夜，墙上剪纸画中的老人把打盹的村墅
——拍醒
荷塘为即将开放的 50 多亩荷花预订了草席
不能延误工期

一排村墅坐在编织架侧面叉草
以村道为"替臂"，席草往时间的缝隙一捺
又将再生的语言穿入席筋中间
马上拉回，另一排村墅
坐在挺拔如断壁的时代高墙正面
立即把席扣压下
再把伸露在席筋外的灰墙黛瓦拗进去
打结。一张长 2 米、宽 1.8 米的草席

要费半个月亮，"手工打的比机器做的
更能吸收曲调的水分
荷花们爱敷缀满星光的面膜。"

荷叶田田满吉岙

王 军

　　早在 2007 年 3 月，因《今日黄岩》"橘乡老行当"专栏约稿，我曾采写过吉岙村手工草席制作工艺，出门前我特地翻出当年剪报，拍照保存，想着顺便去问候当年的王保根师傅，不知他是否还经营着这门老手艺。

　　吉岙村，又名葛岙村，也叫葛岙杨村，位于黄岩南城，东与璜山头村相接，北与药山村为邻，西接院桥镇三友村，占地面积 2300 亩，东、南、西分别有虎鼻山、望海尖、龙潭岗三山环村，南官河、葛岙溪滋养着北面一大片平地，适合种植水稻、席草等，素有"草席之乡"美称。

　　三月三，青草漫。驱车顺着 104 国道向南行驶十多分钟，路右侧有一座高大的青石牌坊，上刻"吉岙大道"，晨光下金光闪闪，颇为醒目。看到此牌，就要提起吉岙村的骄傲——上海黄岩商会、黄岩在沪人才联谊会原会长、思达可家具（上海）有限公司创始人杨星定。树高千尺不忘本，水流万里总有源。2002 年春节杨星定回老家过年，看到入村唯一的机耕路雨天坑洼积水，村民出入不便，于是当即决定捐资 180 万元造桥修路。一条长 1600 米的两车道水泥路和"吉岙""小杨"两座桥造好，村民无不为其竖起大拇指"点赞"！20 多年来，他坚持每年春节给全村老人发红包，60 岁以上老人每人 500 元，80 至 90 岁老人每人 1000 元，90 岁以上老人每人 2000 元，仅这项每年得 20 多万元，另外他还在村里设立新农村建设基金和贫困学生资助基金。

　　汽车拐进吉岙大道，路两边宽阔平坦，满眼是成片农作物，莹莹绿绿，芋头、水稻、葡萄、橘树竞相招展，好一派生机勃勃。溪边野生的小灌木、芦苇自由且随性，这片就是吉岙地形地貌中描述的北面平地。如时光倒流至吉岙村打草席鼎盛时期，眼前应是一碧万顷的席草随风舞动，要用手机全景功能，才好尽收眼底吧。

葛岙溪从牌坊下的南官河起与大道依偎前行，直至村部外占地50多亩的荷花塘景观带。盛夏的吉岙有着别样的景致，荷叶挨挨挤挤，摇曳曼妙，荷花亭亭，不忧，也不惧，莲蓬把阳光和雨露收集为饱满的果实，鲜甜到村民心底，这里已成为黄岩甚至是台州文旅打卡网红地，吉岙村也被评为浙江省历史文化村落和市美丽乡村精品村。

村子在大道的尽头，看来这"岙"字相当贴切，村部在岙底不到一点的路边。我趁着等人间隙环顾四周，远处山顶晨雾未散，云蒸霞蔚，菜园里蚕豆花娇嫩欲滴，奶豆荚花褪残红，似妙龄少女待字闺中，采豆南山下还需些时日。村部对面就是别墅区，共四排，目测有七八十间。

拐弯处有一幅三层楼高的墙画，虽褪了色，但还是很吸引人，犁田、赶牛、吃接力（点心）、担水……好一派农耕忙碌场景。2018年，村两委大力推进美丽乡村建设，坚持规划第一，聘请中国美院专家以"衣裳留冷阁，席草种闲田"为设计理念进行村容村貌提升，改造基础设施，疏浚加固河道，统一设计立面，绿化美化庭院，如今是"门前花木满园香，小径幽深春意长"。

再向岙里走去，建于世纪之交的水泥房筑舍成排，鳞次栉比，错落有序，白壁黛瓦，五彩墙绘，生动有趣。虎鼻山、大坪头、燕嘴缺蜿蜒起伏，青翠叠嶂，吉岙溪缓缓，这就是吴冠中笔下江南水墨画的具象化。村文化礼堂紧挨着老年协会，它以典型砖木古民居为基础进行设计改建，以席草文化为主题陈列布展，保持原有特色，增加现代使用功能，设计性、实用性并存，曾作为示范案例在乌镇的大会上展示。

我遇见村里唯一还在织席的农妇，她热情地打开机器，演示机打草席的场景，因为草席是给终了的人用，只有50厘米宽，所以生意也不是天天有。另外民用草席市场品种丰富，消费者选择多，传统手工草席早已失去市场竞争优势，曾经作为村民经济来源的副业也完成了它的使命，退出历史舞台。王保根已于去年离开了，村文化礼堂有他打草席的画面，介绍他是台州市仅剩的唯一手工打草席手艺人。

差不多走到岙底，就是抗日将领杨从根（字乃青，号绍东）老宅，村民称之为"将军府"。人去楼空，老宅早已荒废，残垣断壁，杂草密布，有几只蜂箱置于其中，蜜蜂飞于野花间，倒是别样景致。高大的台门诉说着当年主人的军旅战绩和报国雄心，如今已爬满木莲藤，莲房结了不少，摘一个，手捏，实心，掰开，白浆流出，里面全是淡粉的木莲籽，是制作木莲糊的好原料。

成熟的木莲籽、饱满的莲蓬和村民的幸福生活，就是杨将军穿越荷塘，梦回故里看到的最美风景；杨星定内心深处也有一颗莲，风霜不蚀，坚守初心，静自盛开，暗自生香。

同行的南城街道干部与村书记，顺便对大隐于村的企业进行安全生产宣传与检查。企业主真是闷声发大财，门口无标识，里面只有几位白发阿婆在包装塑料杯，再走进，几台全自动塑料加工机的机械手在运行，声音很小，因无人操作，少了工人进出的空间，机器摆放相对密集，土地利用率提高，直观的零地技改。

回程，过荷塘，荷叶已钱钱。不能太早，也不能太迟，在莲最美的时刻，我定再来打卡吉岙荷塘，"江南可采莲，莲叶何田田……"

见瑭村所见

凝　言

风水何曾禁锢住，那个曾经叫镇瑭的小村
祖辈最原始的执着，流淌在每一个村民的血液里
三易村名的见瑭人，让世人见证着繁华
他们一直怀揣梦想，哪怕一路艰辛

他们在贫瘠的土地上辛勤劳作
新翻的土地，色泽深沉
像中年男子的肌肤
像老汉口中津津乐道的杨梅

山头窸窣的声响
是绿色叶脉里古老的思念
是挖笋人走过的每一步声响
是古渡口驻守前生今世的灵石

种子在土里等待时机
男子在等一个姑娘，等一场春雨
落开第二天的初阳

见瑭人脚下，有一块厚实土地
见瑭人用一颗素简的心
继续传唱朴实的歌谣

古村见瑭之行

张广星

　　见瑭村位于黄岩南乡鉴洋湖上游，三面环山，风景秀丽，是鉴洋湖上游溪流的入湖口，也可能是古海湾由此入海的古渡口、古港口。说是可能，也有三件事可证：一是一座古老的落海殿就在见瑭村上面山坳的邻村，顾名思义吧；二是很多年前，村民们开挖一条水沟，挖泥（都是软泥）挖到不深处，就挖到一根已经像炭黑了的古船桅，古船桅太长，村民们就将桅杆截断，取出的桅杆被村民做烧火柴了；三是近年来在村边建204省道，在工程队开挖到见瑭村位置时，所有的挖土机都不能作业了，它们都被陷入了软泥之中。后来是工程队从外面运来了很多石渣料，边挖边深深填渣，才让路基稳定下来。现在见瑭村又即将启动一个新的工程，就是市内北水南调，从仙居朱溪水库引水南下至见瑭村，在村西大片山坦地上深挖引水中转大蓄水池的水务枢纽工程。村民们错过了前一次的考古发掘，都表示这一次深挖，要好好注意施工作业情况，如果发现有古港湾遗存，一定要先报告当地文博部门。

　　村民们的文物保护和开发利用的意识显然增强了，也说明了他们的乡土自豪感满满，他们对祖祖辈辈生活的这块土地的辉煌历史充满了自信，有村民说，这里是古代海上丝绸之路的一个出发港口，现在作为"宋韵黄岩"主要成就和标志之一的沙埠青瓷，就是经过这里，从埠头堂入海，然后走向世界的。

　　在村口一棵大樟树下，立着一块大石头，用红漆刻写着竖行五个大字：杨梅第一村。气势雄伟。我曾应文友邀请，参加过在村山地上举办的第二届黄岩杨梅节，那时，他们村的村民首先使用了兜住整棵杨梅树的罗幔，以防病虫的侵害，因此也不使用农药，不仅获得杨梅生产的经济效益，更获得杨梅生产的生态和社会效益，被省专家高度肯定。在举办过两届杨梅节之后，见瑭村的罗幔杨梅就在全国的杨梅种植区推广开了。

说起村口的这块大石头，很有来历。这是老村民告诉我们的。其实，这样的大石头还有一块，现在立在村委会的大门口。据老村民说，这两块大石头是同时从山上滚下来的。这里有一个民间故事，说的是温岭的石夫人和黄岩的石大人，他们结为夫妻，遥遥相对。石夫人的嫁妆担子由两个汉子挑着，翻山越岭，走到见瑭村前的山上，两副挑子滚到了山下，变成了两块大石头。

关于见瑭村的村名，历来写法比较多，有写成战塘的，有写成占塘的，近年并村以后则为"见瑭"，而在民国《黄岩县志稿》中，则写成"镇塘"。这"镇塘"，也有关于其来历的民间故事，说的是一条河从村中间流出，在村外的平原地带曲曲折折地流淌。但是，不知在某朝某代某年，一座尼姑庵建在出村的河边，这就镇住了村庄的风水，但村民们无奈，只好自名村庄为"镇塘"。

位于见瑭村的正等寺是唐代建的古寺，宋代由朝廷赐额。正等寺历来都是黄岩南乡香火鼎盛的大寺院，不仅吸引了很多善男信女来烧香许愿，该寺山环水绕的自然环境，尤其是三面环山的竹林密篁，更吸引了很多来自各地的文人墨客，来寺院流连风景，吟风弄月，在各个年代修的县志和当地氏族修的族谱里，都留下了这些文人雅士优雅浪漫的身影和他们所吟的诗词，这些诗词现在都收编在《黄岩历代诗词选》和《路桥历代诗词选》中。而其中，尤以咏竹风摇月的诗词为最多。但如此辉煌的正等寺，在唐以后也多有兴废，后来在民间，它不叫正等寺了，土音谐称叫"秤等殿"了。现在殿虽然废了，但我们还在遗址上见到一根很粗长的秤杆，还有一个硕大的石秤砣。老村民说，这个殿是正人正己的。一个人良心是好是坏，到这个寺院里，都可以给称一称。我听了很兴奋，也很惊奇，这种以称人良心为立寺宗旨的寺院，还是第一次听说，可能在我们中国，也是独一无二的。不过，作为佛教寺院，它和别的寺院的根本宗旨是一致的，都是劝人向善的。但它更有让人自省忏悔的意思，被称出良心不好的人，就要考虑现世报或来世投胎为人为畜生的问题，从而悬崖勒马，止恶从善。几位老村民说，就在几十年前他们小时候，寺院还是很兴旺的，七里八乡的人都来，尤其是在佛寿日，从外村来寺院的四面八方的大道小道上，络绎不绝的都是人。我们踏勘了遗址现场，现在为一家大型的涵管企业所用，但从一坦高过一坦的地势来看，可以想见当年逐坦建殿、一殿高过一殿的宏伟而庄严的气象。

在一处坐北朝南的山坡竹林边，因为久不走人，已经荆莽遍地，人已无法涉足了。这里就是被叫作"将军墓"和"九圹坟"的地方。据传，埋在这里的大将军是没有了头颅的，头颅是后来用金银做的，所以民间又说是"金银头"。据传，这位大将军就是有南宋第一贤相之称的杜范的侄子杜浒。他在文天祥牺牲后，继续坚持抗元，一直到南宋最后覆亡，他也力战而死。敌人把他的头颅割下来奏表称功，所以烈士杜浒就成了"无头人"。一直到了元朝晚期，族人才把杜浒的遗体从广东归葬黄岩故乡，但老家黄岩北城外的杜家村姓杜的活人都逃散了，杜家村从此只剩下了个地名。至今杜家村里没有一个姓杜的人，村名存留至今，表达的就是对先贤先烈的敬意。最后，族人们把还乡的杜浒葬在了县境南乡的见瑭村。

晋代最有名的"山中宰相"谢安，后世一支迁到了台州临海，这一支在南宋出了两个有名的人物，一个是丞相谢深甫，一个是皇后谢道清。元兵大举南下之际，皇后谢道清叫族人改名逃散，其中有一支就改姓陈，先是逃到了屿南村，到了明代再迁到了黄岩鉴洋湖畔，在靠山村见瑭定居了下来，至今已有四百来年。

定居见瑭村后的陈姓氏族，历代人才辈出，族谱中记载有科举功名的就有几十人。1977年恢复高考后，见瑭陈氏的后人折桂上榜的很多，他们在全国各地的各条战线工作，不少人都取得了骄人的业绩，其中在上海的一位从事科研工作的陈氏后人，近年就被评为全国劳动模范。此外，还有不少企业家，还有抗日英烈。

江口村是一件宏大的叙事

池慧泓

三江汇合
三浪翻涌
涌出一支水路
一条街道，一个幸福村庄

水路是勇气之路
连接天际，连接五湖四海
枕涛搏浪的江口人
搏出永宁江畔的小上海

街道是智慧之道
通达四方，通达人间烟火
雕梁画栋，商贾云集
画出繁华满地的村庄传奇

古街、古闸、古埠头
妈祖庙、天后宫、太平亭
金氏家训，历代名人
岁月打开一幅厚重的卷轴
授予江口村一枚历史文化古村落的勋章

双龙桥富有活力，三江依旧辽阔

江面跃起新的浪花：文明村、卫生村、示范村……

村商贸大楼与云朵比肩

厂房林立，恰如千帆竞发

新的梦想正在启航

繁华古商埠 百年三江口

王 萍

　　汴水流，泗水流，流到瓜州古渡头。吴山点点愁。古渡江堤烟柳垂丝总能拨动凡心愁绪，难解聚散无常，空留几多悲欢。今天的三江口古渡埠头也曾舟楫如梭，行人如织，又有多少别离相逢定格于斯，转瞬消散在历史的烟云中。

　　发源于括苍山脉的永宁江如一条镶嵌在橘乡大地上的银练，自西向东蜿蜒流淌，于三江口与灵江汇合，入椒江出东海。永宁江——黄岩的母亲河用她的乳汁孕育万千生灵，同时见证着黄岩的变迁与发展。

　　今日漫步在永宁江堤岸，远离城市喧嚣独享一份遁世的宁静。眼前水阔天长相映一白，空气中丝丝蒸腾的水气湿润轻滑；远眺平野群山交织同翠，阳光下明艳耀眼更显宁静旷远。

　　约一好友走进依江而建、以江命名、因江而兴的江口村，让人意外村庄竟有如此繁华喧闹的街市，街道两旁服装店、水果店、家纺店、海鲜饭馆琳琅满目。听村书记介绍，江口村的集市已有百年历史，于1928年开市，至今每逢农历二、五、八集市日，临海、海门、黄岩等地的人们就会从四面八方赶来，从日用百货到树种瓜苗，从粮油食品到鞋衣粉饰，这里应有尽有。"纷纷车马客，如集市人博。"北宋黄庭坚的这两句诗，描写的不正是江口集市的繁华与热闹吗？赶集的人也从过去的肩挑背扛到如今汽车运载，繁华昌盛绵延未绝。

　　走在江口老街，清脆的脚步声叩响尘封已久的时光。灰白的石板路，斑驳的旧板壁，古朴不失典雅，苍老更显安详，一种亲近感涌上心头，让游离已久的情感得以回家。街道两旁的黑瓦廊檐把蓝天裁成一道绵长蜿蜒的绸带，片片白云涂鸦在蓝天和灰瓦之间，显得如此轻柔纯粹，不免让人想起《红楼梦》中描写蝉翼纱的轻透，软烟罗的袅娜。徜徉古街，迎面二层老房相对而出，朴实无华如一位素面女子，褪去芳华却依旧质朴内秀。临街的铺面腰方下是结实的嵌柱石板，这可能得益于山下郎石板仓较近的便利，腰方上是活动可卸的木板，斑驳光滑的铺板见证当日的繁华和兴旺。有些铺板立地排开有三四丈宽，我想那应该是饭馆茶楼的门面，门槛上留下一道道平滑的凹痕书写着曾经的热闹，长衫短袄拂去门槛的棱角，却留下一段辉煌的历史。

江口老街古建筑群白墙灰瓦，廊檐椽梁，雕花窗格，石基木柱，一砖一瓦都散发出浓郁的古韵风情，让人恍惚走进一段静止的时光。空中飘动的红灯笼，墙上喜庆的年画依然散发着浓浓的年味，旧历年前这里举办了一场"荟集三江口，共赴幸福里"年货节，年糕麻糍、剪纸投壶、年画春联，诱人的传统美食、娱乐，以及手工艺品，让我有种庄周晓梦的恍惚感，分不清是历史穿越到了今天，还是我穿越回了过去。声、景、情、意的全身体验，远胜读书破万卷。古巷老街的意境，传统文化的韵味，在一口一味、一景一物、一声一乐中，让我感受到传统文化的强大生命力。

漫步江边，远处是一座废弃的旧码头，"T"形的水泥栈道静静地矗立着，下游不足五十米处另有一座显得体量稍小，虽然都已完成历史使命，但仍然坚挺敦实，横卧在碧水当中，如一位倔强的老者不屈服于命运安排，却又难逃兴衰的宿命。这是建于20世纪80年代的两座500吨级和300吨级的货运码头。三江口地处温黄平原水陆交通枢纽，航运业兴旺发达，当时政府还在此设立了三江口港区，煤炭、水泥、钢材、工业盐等经海运转内江，到达温岭、黄岩等地；同时从这里出口黄沙、生猪、柑橘，远销各地，通江达海海江联运，三江口岸每日波光船影，桅杆林立，汽笛声此起彼落。从1922年江口立埠到20世纪90年代达到鼎盛，为黄岩经济发展发挥着不可或缺的作用。

老街另侧一座修葺一新的亭子引人瞩目，上书"太平亭"三字，单檐三开间的长廊式样，木柱横梁，前后条凳，左右两侧是拱顶门洞。亭内一块石碑撰刻记录着太平亭一段感人的故事，清光绪二年（1876）九月，太平知县唐济从台州府去太平县，在三江口上岸，突遇大雨一身湿透。这位廉洁为民的好官为了太平县士子、商人免受雨雪之苦，上任之后，便带头捐俸百金，发动邑绅、商贾集资3000余金，在三江口建造"天后宫""太平亭"，便于太平士子民众栖息中转，并规定上府上省的考生歇宿一律免费，此亭所有费用由太平县官商贾捐助。有《太邑公建黄属三江口天后宫路亭碑记》记载："三港口，在郡治东南。上接灵江，下通海门。""集资购址，鸠工庀材，经始于光绪丙子（1876）秋，至于丁丑（1877）春落成。"今日虽已不见南来北往的旅人，注目孤亭寂静，好似在讲述着"江中乘潮潮始生，商贾却趁落潮行。参差邻舫一时发，遇到无风遍橹声"（清代诗人徐传伟《三江口》），在古渡落日余晖中，感受来自远古润泽的气息。

走过百年风雨的江口老街通过"随旧、复古、复新"的修葺，完整地保留了老街的原始风貌，听说不久的将来，三江口古街将以现代慢生活的方式再现繁华。

绿树村边合，田塍暖人烟

——富山李家山行记

子 秋

需要练习听力，需要一遍遍擦拭鼓膜
在这样一条静谧得只有自己声音的山街

从未谋面的狗见遥遥我们走来
不吵不闹
兀自在小街上踱着方步
似乎它与我们是熟稔的老友
甚至是大白鹅也踱着方步
俨然是巡视山村的大将军
它若想到我可以捉了它吃
必然会哈哈大笑
不过忆起儿时被大白鹅追跑
更是哈哈大笑
绿树村合，田塍人家
大白鹅与狗一块散步
一块儿巡查菜园
真是奇迹

一只天鹅游弋于春天

牟群英

富山，李家山村，乡贤李荣富家的山庄内，一只黑天鹅惬意地戏水于碧潭中。

红嘴、黑毛、绿水，一圈一圈荡漾开来的清波，仿佛这个春天的音符，都在这一潭清水里自在歌唱。天鹅用掌声在水中传递信息，引来了一拨又一拨金鱼，陪伴在它的身边，仿佛是一个将军巡逻，一群士兵跟随两侧。小动物们活动开来，水的涟漪更丰富了。碧潭边，翠树环绕。山拥抱着水，水映衬着山，阳光下的白色光斑犹如星光般闪闪烁烁。光影浮动，水面生动、丰富，仿佛一幅画卷徐徐展开。

远观，一条宽阔的路依山而修，直通山顶，蜿蜒多姿。两旁，植被茂密，无名的、有名的小花在山道两旁争相绽放。登顶而立，群山如黛，翠色满目，我突然理解了李家山村森林覆盖率达98.4%是一个什么样的概念。我在这个"天然大氧吧"里尽情呼吸，全身的细胞都在雀跃。竹影横斜，石装置艺术品呈现在宽阔的坪顶上。俯瞰，灰瓦、白墙的传统民居在绿树中隐隐约约。顶上，游泳池在周边的绿树衬托下，仿佛是一颗明珠镶嵌在大山中。

我在想，这深藏不露的山庄，层次丰富的叙事，见证了宅主人在其商海搏击后回老家借得静谧之地再出发的念想，还有对曾生息于此的留恋。故乡，寄托着每个游子生命的脉息。

春天的时候，我们寻访黄岩西部最高的、海拔1100米的村庄——李家山，我沿着密林覆布的弯弯盘山公路驱车慢行。一路上，我把车窗全部打开，沐浴着最清新的空气，宛若到了世外桃源。

我们的脚步在安谧的村庄响起，一只只狗儿亲切地围在我身边。看它们的模样，就像与老朋友的一次久别重逢。陪同我们采风的是李家山驻村干部方媚，还有网格员张连清等，从她们的言语中，我们感知到这个村庄近些年的变化。这个被命名为浙江省卫生村庄、浙江省3A级景区村庄、浙江省美丽乡村特色精品村的村庄到底有着怎样的故事？

当我们一行人看到村口"李家山"三个大字，我的头脑中马上跳出：会不会与李姓人口占多数有关？地名的故事，常常与姓氏、地理位置、神庙、水利设施、自然地理、方言、祥瑞、历史古迹、民间故事、物产、植物等有关，我们猜测李家山亦应该与姓氏有关。

我们步入村里的文化礼堂，看到了李家山一带原来被称作盘谷，后因唐宪宗第五子建王李恪的九世孙李越后裔迁入并逐步兴盛而改名，现如今村里大多数人家仍为李姓。据2021年出版的《黄岩区地名志》记载，《清同治光绪年间新定县境总图》标有李家山，有小地名岭脚、老屋、坑岸、苦竹往等。从这些小地名看，李家山的过往生存环境可能有点严酷，山高林密，耕地少，交通不便，村民只能靠山吃山。据历史记载，民国时期，现李家山一带生活十分艰苦，村民依靠租种田地和采卖粽叶、竹箬为生，百姓常年得不到温饱。

李家山原本有村民152户，487人。2018年，由于行政村调整，李家山辖清水坑、李家山、横路头、葡萄坑、东坑等六个自然村，共计409户，1280人，常住人口仅243人。耕地672亩，山林总面积7923亩，总占地面积5361215平方米。这些村庄大小不一，一个个都深藏着别样的故事。

李家山是有光荣历史的村庄。《中国共产党黄岩历史（第一卷）》载："1928年6月，戴邦定离开黄岩去上海后，西乡党组织由戴元谱负责，他又先后在北山、庙下堂、葡萄坑、田乔等地发展了一批党员，建立了4个支部。"后葡萄坑成了黄岩西乡农民武装的策源地。1930年3月，成立葡萄坑红军游击队，隶属于中国工农红军第十三军第一团。1985年4月，台州行署批准李家山为第二次国内革命战争时期根据地村。革命的云烟早消散在历史的星空里，但革命的故事仍代代相传。

我们漫步在李家山村道上，很少遇见悠闲的人们。张连清告诉我，村民们大多在田间劳作。我们正聊着的时候，一个背插柴刀的阿婆刚从山上劳作回来。不一会儿，"突，突，突"的三轮车声划过，乡贤王以洲的父母刚从田间回来。从交谈中得知，他们俩年龄将近70岁了。脸上虽流着汗水，但看得出，劳动带给他们无比的喜悦。是啊，春天到了，快要播种了。张连清告诉我们，现在是田间整理土地的时候，她因我们到来，专门放下田里的农活过来。她来自哈尔滨，与丈夫相识于青岛，下嫁到了黄岩。这位精练的女子，现兼任着网格员工作，大多时间在田间辛勤劳作或将自己种植的蔬菜运往路桥等地销售。前几年，她家最多承包过近百亩土地，种植杭茄、黄瓜、四季豆、尖椒等高山蔬菜。去年蔬菜水果的行情不好，但也给小工发了40多万元工资。今年包了近五十亩土地。这些天每天雇用12位村民，男工日工资200元，同时包一餐中饭。从村民李仁冲承包50亩土地种植高山蔬菜开始，其成为村里"第一个吃螃蟹的人"。村民李德兴则以高山蔬菜为媒，充分发挥高山优势，以"合作社＋基地＋农户的模式"，开辟了"浙东高山蔬菜第一村"的新路，带动村民共同走上致富路。李家山，这个偏僻的小山村，因了家家户户种植的餐桌上的必需品，每年仅高山蔬菜收入就达400万元以上。李家山村现有高山蔬菜668亩，高山杨梅300亩，猕猴桃150亩，还有层层梯田上种植的水稻。曾几何时，在水稻丰收时节，我来到过李家山，云雾深处，金黄的稻穗与绿色的世界混搭，美了一个季节。路通、信息通，乡村不再是孤岛。几年前在李家山村举行的富山云货节——云上故里集市，着实惊艳了我们。在村庄走了一小圈，我看新房似乎成了每家每户的标配。

站在李氏宗祠前，我们欣赏着一幅幅富有乡村气息的山水画。民房与绿树辉映，小船与飞鸟共舞，艺术家笔下描摹的美丽乡村，不正是李家山的模样吗?!

这云上的村庄，真让我心动。要不是急着赶路，真想在村庄的民宿住上一晚，观云、听风、赏花、品茶，看着山羊与牛儿在山坡上优哉游哉地吃草，还能欣赏嘹亮的鸡鸣声在村庄的角角落落响起，仿佛奏响了春天的序曲。

北洋联丰村

天　界

通向台州府的山路已走失了无数身影

留下义城岭古驿道

十里香枫，在落叶季节绚丽无比

五尖山之东，从古老的平安庙

到麻沙头显神庙，先人一生都不愿意揭开面纱

沉没千亩田地筑成的瑞岩溪生态湿地

红树林、飞鸟、植被

垂柳；草地与湖水

如联丰村张开巨大怀抱

用一幅天然画卷，深藏"守护者"功名

它无法描述的美，属于水资源保护区

在义城岭山顶，有情唐山塘水库

一条旧山道，森林覆盖着它

野猪、毛竹、不知名的花草成为乐园

省级森林村庄是美誉

也是另一种机遇

遇见联丰

林海燕

　　抵达一个曾经去过并喜欢的村庄，如遇故人。它的美丽和纯朴、它的过往和当下，都值得书写。

1

　　第一次遇见联丰，是 2016 年的深秋时节。当时我慕名前往义城岭古道登山，没想到进入古道所在的联丰村，村前长潭湖上一排排红水杉列队欢迎，惊觉自己误入仙境。不禁对这个面朝绿水背靠青山的小村庄多看了一眼，从此便不再忘记它的容颜。

　　长潭湖的绿水和红杉为村庄的颜值增色。当时站在村里成排民宿的二层宽阔平台，凭栏远眺碧波荡漾的长潭湖，那些挺拔的杉树，简直就是跳着水上芭蕾的红衣舞女，湖水淹到小蛮腰，她们藏在骨子里的高贵气质，穿越缭绕的水雾扑面而来。

　　青山既有美景又有历史。深秋时节的义城岭，掉落的枫叶撒满苍老的石级和半山路廊上的黑瓦，枯藤和老树似乎都在诉说着山的沧桑。山上住民在肥沃田地上栽种了各类有机蔬菜，泥地老屋里摆放着传统农具，一位后腰插着柴刀的老农肩扛五六根毛竹在蜿蜒的古道上健步走过……

　　山顶上立一块"黄岩义城岭战记"石碑，据碑上记载："义城岭北为临海南为黄岩，古时两县捷径和关隘。""战记"详细描述了清咸丰十一年（1861）十一月初至同治元年（1862）四月间，太平军进入临海后占据黄岩县城，黄岩民团与太平军激战义城岭的故事。

那天下山时已是傍晚，只见枫树举起红叶，与湖面的红杉遥相呼应，像燃烧的火把，在共同祭奠160多年前守卫黄岩的将士们。

2

再次遇见联丰是这个五月。受近年来持续干旱少雨天气影响，长潭水库的水位严重降低。不少湖面成了"草原"，曾经被水包围的秘境可以长驱直入。

走进瑞岩溪湿地公园的主路，夹道的樟树形成幽深的圆形拱门，延伸到杉林前面的低洼地带。一群白鹭或翱翔在杉林，或栖息在浅滩，这片草地对于它们就像绿色的海。路边柳树身段婀娜，倒垂柳条似飘逸长发，尽显风情。大小杉树作为湿地的主角，坚持修炼着形体基本功，站姿笔直。有朝一日的机会将留给有准备的树。

一大片足有两三米高的细叶芒随风摇曳，招呼我走到它边上，看梭鱼草挺立水中，托起紫色的花束。莲叶上滚动的水珠在阳光下闪耀，它是用灵动的眼睛预约我七八月间来观赏它的花季吗？塘岸伏着几枚粉色的福寿螺卵，这是外来入侵物种。萍蓬草就用一朵朵黄花发出黄色预警，随时准备抵抗的草叶队伍席卷了整个池塘水面。一条背负松土任务的蚯蚓从石砖小道的这一侧往那一侧爬行，一只泥土色的小蛙应该刚从蝌蚪变过来，它跳跃着，虽不在井底，但是镶嵌在池塘四周的大片铜钱草，在它的认知里也算广阔且茂密的丛林了吧。

从第一次的远远观望到这一次的直达腹地，瑞岩溪湿地公园在不同的季节展现了不同的美丽。

3

村庄还是八年前的老样子，旧村换新貌工程早在我初遇它之前的2013年就已完成。2015年，联丰村曾在一部微电影里出镜，中央电视台经济频道播出。这个影像传达了村庄从破旧到美丽的蜕变故事：它曾是市里挂牌整改的后进村，只能用"脏乱差"来形容。为了保护长潭水库水质，征地 100 亩的瑞岩溪湿地建设工程开工，村子变成了一个大花园，也成了先进模范村。

而大自然的天时不按常规出牌，地利也受种种因素制约。作为饮用水水源一级保护区的联丰，人类和植物的命运何其相似。随着旱情、疫情的到来，红杉家族在秋天的"演出"盛况定格在 2020 年前，村里办民宿、开餐馆等实现旅游休闲收入的场景也按下了暂停键。

唯有人和是最重要的。留守的村民们面朝湿地，与世界上珍稀的"活化石"植物同呼吸，过着珍稀的慢节奏的老日子：

文化礼堂旁的活动器材区域坐满讲白搭的村民；一位 80 岁的老大爷扛着锄头和老伙计们打着招呼，他说要去马铃薯地锄草；一位 78 岁老妇人在平安庙旁的自留地上松土，她想种下姜苗；有位大叔正在门前采摘蚕豆，说要送一些给潮济老街的妹妹；一对夫妇在村宣传栏前等待从瑞岩寺开过来的 858 路公交车，准备去北洋镇赶集……

4

法国诗人瓦雷里给作家好友纪德写信，信里说："在我看来，美丽的树能带给我愉快。除了和树待在一起外，我看不出自己是幸福的。"

被评为"浙江森林人家特色村"的联丰，和美丽的杉树林待在一起，和义城岭上的 9681 亩森林、300 多亩良田、600 多亩竹林待在一起。村民们说古道很有名、杉树林安静又好看、湿地公园的空气很新鲜，这是他们认为的幸福之处。他们的眼睛不时往山上看，他们盼望有一条快捷的通道直达义城岭，让森林资源和耕地都可以有效利用起来。

村民们也许不懂法式浪漫，他们仅有的浪漫思想体现在和山地生活的藕断丝连。他们的生活日常实用又朴素。比如水边的清心亭被文人雅士当作"清波荡舟洗净杂念之地"，他们却用来堆放干柴了。老农们依然喜欢面朝黄土，他们的老伴总是系着围裙戴着袖套，他们长出老茧的双手和手柄光滑的农具一直和土地亲密接触。

从联丰村出来的公路上，买到农妇刚从湖里捞上来的螺蛳和黑鱼，阳光下，她穿的高帮胶鞋沾满泥巴。水库的清水螺蛳、胖头鱼、溪鱼等水产品久负盛名，那天晚餐的炒螺蛳和黑鱼汤成为家人们非常喜爱的两道"硬菜"。"省级优等生"（省水利厅、省生态环境厅公布 2023 年度县级以上集中式饮用水水源地安全保障达标评估结果，黄岩长潭水库水源地评估等级为优）捧出的作品确实优秀，非凡的荣誉背后，站着很多平凡的库区村庄，还有那里的父老乡亲。

　　我回望联丰村——这个前期为湿地公园的建设奉献了口粮田，如今又为保护并治理库区水源而放弃经营性项目的村庄，值得我用目光表达敬意。

两岸狮子吼

应佳依

十四块山形神似狮子
头对沙石坦
日夜张望

人们以舞狮的名义
祈求幸福安康、财源滚滚

这是一片英雄的土地
吼着狮子般的豪情
解放前夕
李文益一手拿笔，一手拿枪
和敌人作坚决斗争
他撰写《苏联闻见录》
获得鲁迅先生赞赏
他带领村民和土匪抗战
献出了宝贵的生命

山雾终于褪去
光明普照人间

新的时代
两岸三度营地上
少年身手矫健
攀岩、射击、越野跑
上演狮子王的传奇

两岸村，两岸360°

余喜华

括苍山巍巍，柔极溪湍湍。

两岸村位于台州市黄岩区西部屿头乡东部，由石狮坦和梨坑两个自然村组成，因村庄地处柔极溪和梨坑溪两岸，故而得名。两岸村三面环水，一面靠山，青山绿水，风光旖旎，自然景色极佳，是人们周末假期短途游的最佳选择地。

治水英雄故事传

水是生命之源。无论人类原始的穴居，还是走向构木筑巢、积屋定居，逐水而居是人类维持自身生存和发展的最基本要求。然而"水能载舟，亦能覆舟"，水能维持人的生命之渴，也能给人带来危害，甚至置人于死地。自古以来，人类把对水资源的利用与治理水患放在同等重要的位置。自大禹治水始，华夏文明5000年，也是一部中华民族战天斗地的治水史。

两岸村的石狮坦自然村，地处柔极溪和梨坑溪两条溪流的冲积滩地，地势相对开阔平坦，适宜于耕种与居住，故先民们渡溪而来，在此开荒种地，砌屋建巢，陆续集聚而居，形成村落。然而，无论是柔极溪还是它的支流梨坑溪，都源自上游的高山峡谷，水势本就湍急，流到石狮坦这方滩地，水流才柔缓，成为人们眼中的柔溪平水。溪流潺潺、流水叮咚的景象，那是呈现在风和日丽或者和风细雨的日子当中。但天也有不测风云，狂风暴雨的时节，更何况，台州地处东南沿海台风带，每到八九月份的夏秋季，总有几个台风光临登陆。台风登陆前，或过境后，少不了狂风大作，暴雨如注。此时的柔极溪及各支流,山洪汇聚,水位猛涨,以排山倒海之势,滚滚而来。柔极溪不再温柔,而是露出狰狞的吃人面孔,摆在两岸村人面前的则是严峻的生死考验。防台抗洪,是古今台州人民无法回避的选择,也是两岸村等西部山民们不二的生存法则。

几百年前,在两岸,在石狮坦,村中有一位勇士挺身而出,带领村民沿溪边修筑堤坝,分别在村庄的西北方向和东南方向修建渡口。村庄的西北上骄山脚下修建上渡口,并将柔极溪水通过人工渠引入村中自西北向东南流去,从而解决了村民的就近取水饮用和农作物灌溉问题。在村庄东南口修建的下渡口,则方便了村民的出行之路。石狮坦,曾经水患频发的恶劣生存环境,因为沿溪堤坝和上下渡口的修建,得以改善。但这位领头的治水勇士,则在一次抗洪治水中不幸身亡。人们为了纪念他,在上渡口附近建庙立祀,世代供奉,尊其为"平水大王",从此治水英雄的故事代代相传,激励着后人。

红色薪火再相传

英雄的故事能够激励人、感染人、传承人。时光流转到了 20 世纪初,正是中华民族积贫积弱的时代,许多革命志士加入了拯救民族危亡的运动中,在地处台州黄岩西部大山中的两岸石狮坦村,也走出了一位红色革命家李文益。

李文益,生于 1902 年,卒于 1949 年,原名李镜东,别名李平,笔名林克多,原黄岩县柔极乡石狮坦村人。

李文益早年启蒙于私塾,在临海第六中学读书时,思想倾向进步,1926年在临海加入中国共产党,同年到宁海中学以教师身份为掩护,从事革命活动。"四一二"反革命政变后,李文益被敌人逮捕,受到严刑拷打,李文益经受住了考验,后在押解途中机智脱逃,辗转到达上海。后被党组织派往苏联,就读于莫斯科中山大学和东方大学。1931 年李文益回国,到天津不久即被叛徒出卖,再次入狱,经营救,由同乡洪陆东保释出狱,居上海以笔杆子为武器,继续与敌人作斗争,其间写就《苏联闻见录》一书。抗日战争爆发后,李文益受组织委派至武汉，参加新四军战地服务团。1946 年，李文益与中共括苍中心县委取得联系后，返回家乡定居，在家乡秘密发展党员，组织农会和农民自卫队，积极开展抗丁、抗捐、抗税斗争。1949 年 6 月 30 日，李文益在率领农民自卫队抵抗土匪袭击的战斗中不幸中弹牺牲。1950 年，浙江省人民政府追认李文益为革命烈士。

李文益是黄岩籍为数不多的中共早期党员，文化战线上的革命家，其一生虽然短暂，但其革命事迹和坚定信念，足以彪炳史册，光照后人。因为李文益解放前在家乡的革命活动，1992 年，两岸石狮坦村被确定为"抗日战争时期革命根据地村"。

乡村旅游谱新篇

石狮坦，因所在的溪坦对应的远处山峰，有 14 块山形神似狮子，狮头都朝向沙石坦，最初取名十四坦，再更名石狮坦。石狮坦人不负其名，村里历来有专业的舞狮队伍，每逢过年过节，都要沿街舞狮，绕村一周。特别是农历八月十八"平水大王"寿辰日，更是隆重，全村家家户户宴请亲友，到了傍晚，舞狮队起舞，一路敲锣打鼓，热闹非凡。

青山遮不住，两岸有人来。进入新时代，乡村振兴号角吹响，乡村旅游勃兴。2011 年，两岸 3° 营地建址石狮坦，这是从台湾地区引进的中国大陆首个"三度素质教育"模式的实践基地，开发的动态项目有军训、山训、山水穿越、消防演练、消防迷宫等，静态项目有蜡烛制作、陶艺制作、CPR 心肺复苏术、野生蛇类识别、消防标志学习等。营地以"生存""生命""生活"的宗旨，为学生军训提供平台，在营地项目的体验过程中学生学会生存的技能、感悟生命的价值、端正生活的态度。营地的开发建设，不仅为各地的中小学生开展户外活动、研学训练提供了平台，也吸引了大批游人纷至沓来，从而将柔极溪两岸优美的风光推向外界，同时带动了村庄的全面整治提升和农家乐民宿的发展。

你可以择一个假日，闯入两岸村，或早晨或傍晚，漫步在柔极溪两岸的游步道，抬眼所见的山是绿的，天是蓝的，吸一口空气是甜的，涌入耳膜的是叮咚的流水声和悦耳的鸟鸣声。即使是雨天，看不见山，看不见天，团团浓雾迷失了你的双眼，不用紧张，不用害怕，那是雨雾，不是霾。雨雾可以滋润你的肺，滋润你的心，滋润你的五脏六腑，七神八脉，让你全身通透，神清气爽。或许老天爷突然拨云见日，让你邂逅一场不期而遇的彩虹。

你可以在软绳吊桥上晃荡，寻求心跳与刺激；可以在缘溪悬崖栈道上攀岩，展露臂力与胆量；也可以踏入跨溪石矴步，俯身掬一把清凉的溪水，洗洗脸，濯濯足，洗掉一路的风尘，濯去一身的疲乏。

如今，在石狮坦、在梨坑，在上坝头、台门里、下街头、下蕉、下坝头、水门头，两岸村正以360°全方位开发建设中，两岸村人正以开放、包容、热烈的姿态迎接四面八方的来客。

想去岭根度过一天

柯健君

想去岭根度过一天

在那散落渺小和紫云英的村庄

寻找自己的国度

清晨，赶一群鸭子上路

布满蓼草的塘脚，看到一个令人惊讶的春天

荆棘丛在路旁安静。几步一堆的牛粪

我猜想它的热度要比早餐店里的

牛奶恒久。乡间土路上

我会依次遇见

抽旱烟的堂伯。上山砍柴的表叔

掀开锅盖吹着热气的大婶

以及洗完衣衫哼起歌谣的妹子

我就喜欢会唱歌的妹子

她的发丝上，沾着风扬起的稻屑

鞋底有几粒泥块。衣卷湿湿的

小水滴，调皮着不肯离去

啊，我多想成为她唱过的那首歌谣

追着她跑

我要把什么都忘了，去她家过一晚

陪老爹喝三碗米酒，陪老娘聊聊日子

陪小妹子数星星。看月色一点一点淹没村庄
寂静的国度里，忘了
什么是伟大和梦想，嫉妒和仇恨
在这小小的乡村角落
亚细亚版图上的一粒针尖之地
不想石油、金融和战争

悠悠古道，暖暖岭根

王斌荣

峻岭苍莽，溪流娟秀。在黄岩西部重峦叠嶂的群山之间，永宁江的源头支流半岭溪流水浃涧，自山冈上富山乡的马鞍山奔腾而下，流至岭根，半岭溪突然折水向东，溪石涌动的河床从此变得开阔平缓。莽莽撞撞的半岭溪好像是大山里淘气的放牛顽童，一路奔闯来到岭根，在这位安静慈祥、和蔼可亲的老者面前，显得如此安静、腼腆。

千百年来，岭根一直藏在括苍山苍莽的山色里，一直坐在半岭溪娟秀的清流边。

岭根村位于古镇宁溪的南江十里，与富山乡半岭堂接壤，是连绵千里的括苍山脉山麓下一个小小的村落，因为坐落在山岭的脚跟，所以叫岭根。曾经多次去过岭根，只是从来没有选择在春天里。这一次又重新踏迹，车到王家店，可远远地看见岭根，此刻，它依在春风里，浩浩荡荡的春水将它灌润出一种饱满的青绿色，古朴的村落在括苍山区浓浓的春意中渐渐清晰。

走到村口，新建的文化礼堂前有文化公园，这里鸟语花香、桃红柳绿，一面由花岗岩方石垒砌的长方形石屏风甚是醒目，正面镶嵌橘黄色大字"黄永古道原始地、中华橘源科创地、美丽乡村践行地"。旁边有富山电站废弃的几幢青砖旧楼，如今已经改建成岭根科技小院。不远处是大樟殿，雕梁画栋、飞檐翘角，看起来古色古香。据村人介绍，岭根大樟殿由原来的"岭根堂"迁建，因殿内一棵栽于唐朝年间的大樟树而出名，这棵曾经被志书所记载的古樟树，高 14.5 米，胸围达 9.6 米，树龄超千年，可惜于 20 世纪 90 年代初枯倒。这几年，岭根村先后被评为"台州市美丽乡村精品村""浙江省卫生村""浙江省历史文化村落"，其中岭根人祖辈相传的传统古法造纸工艺被列为"台州市非物质文化遗产代表性项目"。

跨过水泥桥，对面就是村落屋舍，山南水北，先民们择溪而居，他们将自己的房屋顺着半岭溪的溪涧筑造，石屋、木屋、砖屋在溪谷交错林立，不同材质的房屋是不同年代建筑的物理存根。最早是石屋，先人就地取材，从溪谷挖卵石，从山体取石块，用自己的人力和最小的物力成本砌垒出最牢固的石屋。后来千张业日渐兴起，纸千张制造、交易的发展，让很多岭根人手里有了钱，于是他们向富山、永嘉那些更遥远的山民那里采购大量的木料，觅得一处溪谷平地，家族团结的宗族叔伯会商量一起围造四合院，组成一个小而精致的空间，聚族而居，一个鹅卵石铺设的石子纹花道地，几扇万字纹的木窗棂，并立起一道有着乌黑木漆大门的台门，请村里会写字的"秀才"在两侧照壁用黑墨题书"向阳门第春常在，积善之家庆有余"。其余人家也是穷尽一生或几代人的努力，造起三间"四八尺"有"堂前"的两层木屋，叔伯兄弟接驳连成一排十几间的畚斗楼，在村里也显得很有气势。在岭根，每一处屋舍都是铭刻岁月的生命年轮，一道一道记录着岭根人的家族兴败和人丁旺衰。

古老的岭根，许多古老的房屋都还保存着，里面的主人都还留守着，仿佛人也是古老的。老屋屋檐下、旧木门槛前、旧毛竹椅上，散散落落地坐着一些老人，正相互述说着不知道重复了多少遍的人间悲喜旧事，如同村中那几棵古樟浓荫下慢慢滴落的阳光，零零碎碎。一个路人的经过、一个轻微的脚步声都会惊醒他们睡眼惺忪的春梦。循着歪歪斜斜的炊烟，沿着窄窄别别的巷道，经过一户木屋人家，门口有一对老两口，阿公热情地邀我进屋里的灶间坐下，阿婆捧上一碗本地的土茶。茶叶是明前茶，是她到后门山的野茶树枝头一芽一芽掐来，回家在土灶大铁锅里亲手炒制的。水是山上竹林里接引的山泉水，阿婆从水缸里舀上一蒲瓜瓢，烧开后随便一冲，便是一碗滋味甘醇的茶水。

坐在没有车马喧嚣的岭根，时光如同流过这里的半岭溪溪水一样，很慢，很安静。一边喝茶一边与阿公聊天，似乎感觉他在向我重复着那些他不知道重复了多少遍的旧事。我默默注视着手中的这口粗瓷大碗，那些经年的岭根往事似碗中的茶叶一样，慢慢在碗底片片展开、沉浮出来……自古以来，岭根人多以做纸千张、卖纸千张为生计，祖祖辈辈的先民利用半岭溪上游落差巨大、奔涌湍急的水流，建起一座座大型的木质水轮捣碓作坊，砍斫山区多生的苦竹为原材料，做出一种粗糙的原始纸张——千张。这几年，政府为挖掘并传承这个宝贵的非物质文化遗产代表性项目，在半岭溪又重建了一座古法造纸作坊博物馆。"万物有灵，草木有心"，就像岭根许多老去的屋舍一样，这些古法造纸手艺人、这些集岭根祖辈先人千年经验与智慧的古法造纸工艺终将会老去，倏然消逝于历史滚滚车轮下的尘埃之中……

　　告别古道热肠的老两口，踏出岭根的村西口，映目是一块隶书镌刻"黄永古道"的石碑。前方就是黄永古道，只见两侧崇山峻岭，山势陡峭，一条石径迎合着半岭溪在溪涧中起起伏伏，隐现于山谷坡地的油菜花黄和远山的鸟鸣深处。山路逶迤，石径厚重，古驿道左边是半岭溪哗哗的水声，右边是一朵高过一朵的白云，古驿道穿越岭根经过富山马鞍山，往永嘉张溪、岩头延伸，最后到达温州。岭根是旧时台温山区千张、竹木、茶叶等许多山货的重要集散地；是台温先民翻山越岭、苦途长旅的起点；是每一个走过经过黄永古道的人的生命里重要的一个地理节点和精神支点。曾经这里春风十里，曾经这里山花烂漫，有肩挑背扛的脚夫、有赶牛牵羊的农人、有行色匆匆的商贾、有送嫁迎娶的红妆……一双草鞋、一碗薄粥、一廊长亭，照见了多少人间的悲欢离合。"篛笠相随走路歧，一春不换旧征衣。雨行山崦黄泥坂，夜扣田家白板扉。"八百多年前的春天，布衣诗人戴复古在和风细雨的黄永古道上毅然选择了诗歌，选择了远方。也是在春天，1929 年的 4 月，革命志士戴元谱在黄岩西乡发动群众举行"打盐廒"武装革命运动，他集结队伍从半岭堂出发，途经黄永古道，途过岭根，向黄岩县城进发，在厚重千年、野草劲发的古驿道上掀起了一席激荡百年的革命春风……喧嚣褪去，繁华落幕，故人重重叠叠的步履早已凝固在黄永古道上每一块径石的琥珀般光芒里。不管历史与将来，黄永古道已成为岭根人最温情的一条血脉。

　　悠悠古道、暖暖岭根。在这里，我们与故人相遇，也与自己相遇！

去岭脚

胡富健

岭脚拖着它的长路在山中
使着蛇性子
兀自逶迤
诉说那曾经的曲折崎岖

薄暮，走过了童话的台阶
车岭古道
雪躲在树的后背
草丛，远山
侧身探头看菜畦绿色宣言依然坚定
悄悄流下羞悔泪水

我要去岭脚
纵容那夕阳带雪离开
给它机会到山下的江湖闯荡
不管是长潭湖
还是永宁江
只要风起，奋进的浪花
早已在等待

湖里桃源第一村

胡富健

1

黄岩西部山乡上垟几乎环了半个长潭湖，因其风光胜似桃花源而被称作湖里桃源，岭脚村则是进入上垟库区的第一村。

村庄群山连绵，秀岭叠翠，碧波荡漾，可说是养在深闺人未识。岭脚村由大岩、岭脚、双桥及毛岙岸等4个自然村组成，位于长潭水库南源头东岸，与平田乡相邻，背依大岩山，面朝白鹭湾湿地公园，村前红杉树连片，村中果树成林，自然风光优美，四季景色宜人。村里现有村民600多户，人口1500多人，村舍沿环库公路分布，依山傍水，一幢幢新式房屋在绿树掩映中错落有致。

据村志记载，清代时，这里只有朱、鲍二姓。因鲍氏犯了命案，逃往他乡，留下朱氏宗族。如今，朱姓人口占全村人口的三分之一，还有王、吴、牟、张、赵等十余个主要姓氏。其中张氏十八世后裔，自大荆庵前迁徙到此定居，已发展到二十九世。古时，因封建社会以大凌小，张氏寄纳为朱派。

村庄内有大岩山、雷鼓岩、老鹰岩、杨府硐、龙母洞、双鹅潭、车岭古道等多个自然景点。

2

的确，岭脚村有着得天独厚的湖光山色，特别是村里这条极具历史文化底蕴的千年车岭古道，曾是乐清经黄岩通往永嘉的要道。

据《民国台州府志》卷四十一山水二记载："车岭在县西南六十五里。"《道里记》载："自长潭桥西历小坑朱家桥下园村车岭计程二十八里四分，合长潭去县三十六里二分计六十四里六分，与乐清县接界，此岭砌自蔡全真妻车氏，故以车岭名。岭长约有十里之遥，由于村民居住在车岭脚下，村庄故名岭脚。"

青铜在《台州私盐古道》中记载了将产自浙中沿海地区的海盐运往西部的多条盐路，其中一条起点为乐清水涨或大荆的盐路，经过双峰乡、智仁乡、石施坑村、花台门，翻越车岭，经车里呑、岭脚、三官堂到达宁溪，在宁溪这里分成三支翻越括苍山脉，然后在谷呑岭会合。

车岭古道从乐清智仁石施坑花台门经关爷殿到达车岭头，然后从车里呑经半岭堂下到岭脚村。据当地老一辈的村民说，以前这条古道上，往来的人络绎不绝。人们或走亲访友，或带着山里货去赶集。古时，黄岩人将大量竹木通过这条道运送到乐清、温州，力气好的一次能背四五根粗大的毛竹。毛竹的一头拖着，伴随着"沙沙"声划出了岁月的痕迹。此外，岭脚村古道入口当年还是盛极一时的竹木交易场所。

古道的山脚下曾有一座庙堂，历史悠久，里面种着粗壮的松柏，两个人都抱不过来。那时，僧人们时常为过往的行人提供休息的场所和茶水。遗憾的是，如今已无迹可寻。

古道全部由不规则石块紧密拼铺垒砌而成，坚实而又古朴，石上已爬满青苔，缝隙间长出杂草，像一条酣睡的青蛇在绿水青山间蜿蜒。而这些大大小小的块石则像一个个方块字，千年的风霜雨雪，写尽岁月的沧桑。随着现代交通的发达，特别是近些年村村通公交，古道行人渐少，只有些许徒步穿越的"驴友"追寻着前辈留下的往事踪影。

近年来，村庄面貌一年一个样，变得美丽宜居。特别对车岭古道也进行了修缮，加装了护栏，并在古道上新建了古凤池亭、瞻远亭、马头亭等三座凉亭，且请国内书法、楹联名家在亭上题写了楹联。粗犷的山峦，敦厚的石道，别样的情趣，走在古道上，它会给你波澜起伏、荡气回肠、心旷神怡的感触。

3

舌尖上的岭脚也别有风味。

传统的鱼干是用鲜鱼处理后，晒干制成，而岭脚村的鱼干是用炭火慢慢烘烤而成。在传统的大锅灶台上架个铁丝织成的网盘，将控干水分的小鱼放置其上，用加了一整盆松树粉的炭火进行烘烤，并且要把锅灶封好。利用松树特有的气味将小鱼熏香，同时也可以为小鱼熏上金黄的色泽。这样的小鱼干没有了腥气不招苍蝇，吃起来酥脆，嗅着清香，是吃货们的小零食和不错的下酒菜。

除了用松树粉烘烤的小鱼干，村里土法卤水点出的豆腐也很赞。李时珍在《本草纲目》二五卷《谷部》中载："豆腐之法，始于汉淮南王刘安。"豆腐古时名称很多，有"菽乳""黎祁"等，大约到了唐时才叫豆腐。元代诗人郑允端的诗歌《豆腐》里写道："种豆南山下，霜风老荚鲜。磨砻流玉乳，蒸煮结清泉。色比土酥净，香逾石髓坚。味之有余美，玉食勿与传。"这将豆腐的原料、制作过程详细介绍，还对豆腐的色香味美极力称赞。如今，还坚持着用老手艺制作豆腐的已经不多，在岭脚村有个祖传的王氏豆腐，软嫩适中，无论是用来煮汤、炖煮还是炒制都很合适，豆腐皮用来煮汤可以丰富汤的口感。

岭脚的枇杷、杨梅、桃、梨等果树依山种植也是相当可观。虽然主要劳动力遍布全国各地，从事西瓜、提子等果蔬种植，但坚守家园的，也有不少的农业合作社和家庭农场。

美丰村

天　界

傍晚美丰村的山色是流动的
和黄岩溪一样，山风拂过显得更加柔顺
成片竹林微微摇晃
枇杷花开，等待结果

山下斗潭殿有古旧戏台
谁听到转门声，谁就快乐一辈子
山顶的雷鼓崖恰好露出庙宇
那是仙人隐身修道之地

如果是秋天，尖茅开出黄白色的花
光线穿过它们略倾斜的身子
无边的美，沿着山路通向另一座山峰

无数蜜蜂飞向每一朵山花
把最甜的野蜜送进蜂巢

此刻一种叫太子参的药材
给美丰村提供了更多美景和丰富想象
它植盖了大面积山林
等待成为富有山村的摇篮

爱上美丰之巅

辛仕忠

美丰村深藏在黄岩西部山区，循着潺潺溪流溯源而上，过上郑乡政府不远处看到可爱的"石墩"路碑就到了。

村里的房子沿路沿溪而建，从 20 世纪的石垒矮屋、原木板屋、小二层砖瓦房，到现在的新式小洋房，和谐共处，移步换景，如同翻阅富有年代感的岁月胶卷。见惯了城市千篇一律的小区高楼，能在这么朴实无华的村落里穿梭，感觉特别亲切，有种回到儿时老家那种久违的亲切感。

美丰村分四个自然村，分别是石墩、乌丝坑、直坑和文新。这些纯天然的自然村名，就如儿时发小的小名一般，让人油然心生好感，也让人对这些纯朴的小山村充满亲近的渴望。

美丰村海拔 350—800 米，森林茂密，水汽充沛，土壤腐殖质深厚，是名贵中药材的绝佳种植园。村里大部分年轻人向往外面的世界，留守的 300 多位中老年人，却仍然深深眷恋这山这水。多年前的某一天，勤劳的山里人发现了野生菜头肾（太子参），尝试着小范围人工种植，结果获得成功。于是一传十、十传百，现在村里种植规模 2000 亩，不经意成了全国最大的太子参产销基地。据村民讲，太子参最大的销售市场在广东，因为他们喜欢用这种纯天然的美味煲汤养生。真没想到，最懂美食的广东人对黄岩深山出产的食材非常热衷，我们本地人却知之甚少。以后可以自豪地向外界宣传，黄岩不仅有亲民的蜜橘，也有名贵的太子参。

果然是山不在高、水不在深，名不见经传的美丰山村，居然深藏功与名，让人陡然升起上山探幽的莫大兴趣。迫不及待，驱车爬山。村村通公路的政策，让坚硬的水泥路一直通到山顶。带路的村民自豪地说，现在我们都是开车上山去种地，别提有多方便了。尽管如此，对于我们而言，这弯弯曲曲的盘山公路还是颇为费劲，尤其是转弯太急，一不小心就会卡在路口，要重新倒一下车才能顺利通过。有些路段雨水冲击的泥石滚落铺散路边，非得小心翼翼才能避开。

这里的山路十八弯，这里风景很好看。山脚下大片的青翠竹海，随风荡漾。随着海拔升高，山林愈加密集，颜色也逐渐深邃。透过路边枯黄的茅草，可以看见对面山脊有零星几棵树，开满了紫色或粉色花朵，有点像晴朗的夜空，有月光，也有凌乱的星星在闪烁。让人惊喜的，还有叮咚清澈的小溪水，不经意间在路边闪现，就如下凡嬉戏的仙女，惊鸿一瞥，旋即又顽皮隐身，叫人心有挂念。

无限风光在顶峰，历尽艰辛，车子终于爬到山顶了。到此才知道天高地阔，在山顶才觉得心旷神怡。在美丰村乌丝坑的山顶，我们居然看到了云海。没错，那层峦叠嶂的最远处，天很蓝，云很白，如天鹅绒绸缎，悠然悠然缠绕在山间。多想赞美它，却觉得文字都太过肤浅。就尽情大饱眼福吧，默默地拿起手机，随便哪个角度，摄入的都是大片。先存着，回去还可以随时细细回味这仙境一般的美景。黄岩西部，美丰之巅，远山云海，一眼千年。

名声在外的太子参，正是生长在这一片郁郁葱葱的深山密林脚下。因为初春时节，太子参还没有长高，于是我们深入一片林地，去一探究竟。顺着山间的羊肠小道，穿过一条汩汩流淌的山涧，便到了一个农户的种植基地。农户正扛着锄头，腰间别一把柴刀，补种参种，铲除杂草。大叔很热情地招呼我们，带我们到地里低头寻觅刚刚长出来的小绿苗，不仔细看还很难发现。但是等到长大，会有膝盖那么高，还会开紫色的小花，漫山遍野的，煞是壮观。接着，他又大方地挖好几棵太子参出来，专门让我们见识一下。一大簇的根茎，一条条像粗壮的绿豆面条。可以想象，既有高山密林遮阴，又有肥土甘泉滋润，这一方水土滋养过的太子参，必然味道鲜美，滋心养性。农户骄傲地跟我们讲，这里出产的太子参，得到了大学教授的大力肯定。而且教授也看中了这里独特的山林气候小环境，和农户一起研究种植更加名贵的药材作物三叶青和华重楼。我们也替美丰村骄傲，同时也为这些留守的农户感到开心。

同行的村民姐姐告诉我们，这位大叔已经60多岁了，这让我们大呼意外。这个年纪在城里基本是享受惬意的退休生活了，他们却仍然强壮如牛，辛勤耕耘在山间地头，乐此不疲。这样的山村生活，真是带劲啊。我的儿童时代，也是在这样的山间度过的，真希望等我退休后，也能回归山村，过得如大叔一般洒脱快活。

兴尽晚回车。村民姐姐特意给我们灌好了几桶山泉水，让我们不仅看够了风景，还能带回乌丝坑特有的甜味，跟家人分享。这就是山里人纯朴的美意，让人暖意融融。在半山腰的山冈上，我们还邂逅了小蜜蜂的酿蜜工坊。姐姐轻车熟路地去打开蜂箱，希望能给我们掏一点蜂蜜，尝一口原汁原味的甜。小蜜蜂们只顾自己忙，并不介意女主人到家里翻箱倒柜。只可惜，现在花还没盛开，小蜜蜂仍然家徒四壁，羞涩没有招待客人的佳酿。它们嗡嗡向四处飞散，又飞回来，急切地像要表达：待到万山红遍时，笑迎贵客再重来。

黄岩西乡美丰村，山美，水甜，物产丰饶。人勤，参好，产销两旺。待到山花烂漫时，我想常回来看看，这里的山水云海，树林间长高的太子参，还有在地头忙碌的开心的农户大叔们。我已经爱上这一片土地了。

牌门村·自诗中来

戴媛媛

他来到这个安宁美丽的村庄
一条不起眼的小道
入口处有座石头牌门
用丁香紫色衣袖
挥开爬满番薯藤的青石
岁月遗留，尘埃厚重
"宋少傅清献杜公墓"
星辰撒落在沉默镌文上
那丛生的青绿
可是他诗中描绘过的
点缀着寒露，摇曳不停的荒草

隔着无数光阴流转
绶带翩飞，暮山绵延
在杜范见过的新秋
剪影，如窗前竹般刚正
守护着他爱过的土地
鹅黄蝴蝶飞过稻田
袅袅烟雾升起在碧绿的湖上
樱桃园点缀朱红娇艳

八百多年前的宋韵

仍在田野间流淌

被诗串成丰饶的稻谷和

甜成蜜一般的柑橘

如果可在后世怀念中苏生

哪怕只有一个白昼或者

一个和月亮独自相对的夜晚

轻轻举起的笔尖勾勒出

无法被传达给尘世的惊喜

漾起轻柔涟漪

在星链夜路上不断航行

一双白色鸥鸟自诗中飞出

凝视，这片土地和村民

在岁月梦境交汇处盘旋、起舞

清风霁月住牌门

叶晨曦

于黄岩来说，宁溪是一个偏远的地方；而于宁溪来说，牌门是一个偏远的地方。从宁溪镇上驱车去牌门，还需十几分钟的车程。一路前行，烈日当空相迎，但想到牌门，就感觉到了阵阵清风袭来，许是山风不曾停歇，给我们送来的清凉聊以慰藉我们一路旅途的疲惫。还有什么在我心里沉甸甸的，却让清风随身随心随情而在？在我心里，牌门本就是一个清风霁月的地方，大抵是因为它是南宋贤相杜范的长眠之处吧。

一个清风霁月的地方，一个清风霁月的人。

杜范，字成之，号立斋，南宋嘉定元年（1208）进士，官至右丞相，是黄岩历史上官位最高的人。相传他出生时，原本浑浊的黄岩母亲河澄清三日，"江水清，出圣人"，这条江也因此得名澄江。在南宋那个风雨飘摇的年代，他身居庙堂，心却紧紧地系着百姓；当蒙古军大举入侵时，他命淮扬、鄂渚二帅东西夹攻，解合肥、寿春之围；他整肃朝纲、选拔贤才，以挽宋室……他是一位难得的贤相，他的事迹一直在黄岩乃至全国各地流传着。奈何他担任右丞相后没多久便病逝。为此，宋理宗辍朝减膳三日，赠少傅，谥"清献"。

可惜那是一个动荡不安的年代，内忧外患，而杜家抗元之心坚毅。为了保护墓不受破坏，杜范最后被葬于黄岩县西七十里靖化乡黄杜岭（今宁溪镇牌门村）。而杜姓一族不得不离开原本居住的黄岩杜家村，四处避难。

这是值得史书记上的一笔。"墓在本县十二都黄杜岭。""墓在黄杜岙，墓旁有牌门村，盖即丞相墓前牌坊之门也。"……原本的杜范墓地规模宏大，元末明初人黄中德《重建清献公祠堂记》中就有记载："即其山为造五凤楼，及封圹、坛陛、翁仲、祠宇、象设之物莫不具备，仍以境内鸿福寺为香灯院，俾供洒扫。神道有碑，祭祀有田，燕祭以时。"五凤楼、祠堂、神道碑……墓地上的建筑，都在告诉世人这里埋葬着的，是怎样清风霁月的一个人。

因杜范墓坊，村亦得名牌门。

村口，两座小山形似台门，似在守护着这个沉睡着的老人。他一生为国为民，如今埋骨于此。这个村庄，以他为傲。

墓道牌坊也曾被重建，是世人不曾忘记那个清风霁月的杜丞相。栏板上刻着的"南宋右丞相杜公墓道"，短短几字，未能描绘昔日墓道，却能让我们想象其宏伟。遗憾的是后来牌坊被拆，只陆续找回部分坊石，上面刻有"民国四年"等字，也为牌坊留下了部分痕迹。

也许是他不想被人打扰，墓地也曾被掩埋，无处寻踪，待到世人来寻时，只有遍地番薯，不见墓影。可是，那样一个清风霁月的丞相，又怎能不被世人惦念？耐不住世人的热情，当老农耕种番薯时挖到了碑石，丞相墓还是重回世间了。"宋少傅清献杜公墓"，让多少人寻寻觅觅，又让多少人慕名而来。终于找到了，虽不见昔日宏伟，但承载了多少人的敬仰之情。那个清风霁月的杜丞相，值得被追寻。

村口不远处，是村民们的精神家园——文化礼堂。这里，满满都是杜范的生平事迹。大屏幕上，宋韵主题大型原创话剧《贤相杜范》也在激情播放。一腔忠贞保社稷、一展抱负整朝纲、一生劳苦忧黎民、一身清苦味自甘，杜丞相的千古风范，在这里缓缓讲述着。还有那些和杜范有关的人、事、物，在这里，他们是安静的，像在沉睡着，又仿佛从文字上、画里走了出来，和我们一一对话。他们讲杜范，讲宋朝，讲那千年历史一步步朝我们走来。

近清者清，杜丞相的千古风范，影响了一代又一代的牌门人。廉洁，融入这个乡村的生活中，融进了这个乡村的民风里，也潜入了每一个牌门人的心中。

清献亭外、立斋廊后，一墙的清水倾洒而下，是水幕成帘，亦是杜丞相的清廉浸润了这方土地。

这方清风霁月的土地。

2020年，牌门村成功入选浙江省3A级景区村庄名单；2021年又荣获浙江省"森林氧吧"称号。

清风、霁月，这方土地上，勤劳的村民们靠着这片清风霁月的山和水，种出了无数的水果。樱桃、柑橘、杨梅、水蜜桃……每一个，都是被清风霁月浸染的。后门洋樱桃园里60余亩的樱桃树，待到果子成熟时，长满小小的樱桃，红红的，娇羞地掩盖在树叶中，又骄傲地探出头来。摘下一颗，每一滴樱桃汁，每一块樱桃肉，都是清爽又甜蜜的。柑橘在牌门也是有一个自己家的，杜山那150亩的山地，层层叠叠，种出了一片金。还有乌湾山上那200多亩山地，早些年种有大片的板栗，如今种上了杨梅、水蜜桃等果树，这个林场都是美味。

乌湾山，还是黄岩的一处边界。在这里，你可以一脚黄岩，一脚永嘉。山上那块叫抱狮岩的巨石，不知是谁抱着狮子，还是狮子抱着谁，只说狮头朝向黄岩，狮尾朝向了永嘉。

一头狮子，在这山上左右盼望，看向山下清风拂过牌门，看到天上朗月照在牌门，它是否也看到了那个清风霁月的杜丞相？

浦洋村赞歌

柯国盈

伟岸的柏嘉山挺立在东边
古老的水口石塔矗立在西边
千米古龙墙，四处老台门
潺潺风水堂圳，流淌浦洋村
官封里的禀报依稀可辨
横台门边旗杆石依旧横亘存在
千年前的娘子军挺身而出
设伏水碓英雄抗击元军
宁死不屈败走碧潭
只为了不做亡国奴而跳崖自尽
千年后的革命老妈妈义无反顾
踏上满是荆棘泥泞的道路
镇定自若闯关卡送情报
只为了救百姓于水深火热之中
如今的浦洋村
家家户户都过上了好日子
青壮后生把西瓜种遍天下
甜蜜的事业兴旺发达
阿公阿婆在家住着小洋楼
享受天伦个个脸上乐哈哈

浦洋，一个有故事的千年古村

章云龙

浦洋，是黄岩茅畲乡的一个村庄，这是一个有故事的古村。

我的脚步停留在村庄中，一寺、一庙、一塔、一馆引起我的极大兴趣。而当我把目光投向历史，神游于这个村庄的过往，我发现，这个村庄的故事远逾想象。佛教文化、民族大义、儒学传统全都交融于这个村庄中，历久弥香。

晨钟暮鼓，从三国时响起

历史上，黄岩中西部佛事兴盛。仅周围二三十公里范围内就有数座名寺、名塔。居浦洋村的多福寺，三国赤乌中（约245）初建，时名兴福寺，宋治平三年（1066）改今名。

一个秋日的下午，与同好者前往浦洋大田山东坡考察省级文保单位水口石塔，这也是台州唯一现存的石塔。古塔位置风水极佳，正处风水堪舆所谓的"水口"。塔东俯瞰，九溪流淌而过，飘若衣带；近观，水流和缓，清澈见底。塔西，背山，树林荫翳，小路蜿蜒。站在塔边，阳光从树叶空隙中漏下，打在地面上、塔上，斑斑点点。清风徐来，不胜惬意。这座由村民牟应魁与族人共建于明万历四十四年（1616）的石塔六面五级，以石斗拱出檐，亭式顶，底座刻龙雕狮，雕工精美；六面有麒麟瑞兽、鲤鱼化龙、猴摘蟠桃、鲤鱼跳龙门等图案；塔壁石上有圭脚式佛龛，用剔地高浮雕法成像。400多年过去了，风雨侵蚀，仍能清晰地看出佛像面容丰满，仪态端庄；动物形象生动，线条流畅，栩栩如生。依稀中，我在第一层塔身上看到了刻有"太邑马怡泉造"字样。可以想见，当年来自温岭的马师傅技艺高超，以一颗虔诚的心建造此石塔，并骄傲地落款留名。

从多福寺到水口石塔，时光老去，方圆几公里内，寺庙众多，佛教文化绵延不绝，梵音从未止息，宗教的信仰庇佑着村民的心灵。

英雄故里，浩气长存史册中

岁月静好。又是一个阳光灿烂的日子，浦洋村的文化礼堂人头攒动，一出王侯将相的戏正在上演。一个个村民安坐在戏台下，乡亲们看得认真，鼓掌声不时响起。从他们脸上绽放出的笑容，看得出他们与戏文里的故事产生了共鸣。

戏台边，立着茅畲文史通敏行先生写的《浦洋村碑记》，碑记数百字。我的眼前浮现出南宋末年风雨飘摇时期，元兵直下江南，"守内虚外"的南宋无人可用，国家蒙难，正是志士报国之时。浦洋人牟大昌以一介平民响应文天祥号召，屯兵于现水口石塔下。景炎丙子年（1276）十一月二日，茅畲卓山下，秋风萧瑟，旌旗猎猎，战旗上书："大宋忠臣牟大昌，义兵今起应天祥。赤城虽已降于虏，黄山不愿为之氓。"与侄牟天与部于北洋将旗岭会合后，数百义兵开赴北城黄土岭抗元。大昌身先士卒，手持双股铜杀入敌阵，力竭身亡，慷慨赴死。

一个献身于民族大业的人是不会在百姓心中消失的。元末，牟氏族人将牟大昌等人的遗骨葬于茅畲大田山，族人称其为"十八圹"，以此纪念。明代，大田山水口石塔下，一座将军庙（英武庙）矗立着。《畲川牟氏族谱》记载，英武庙主庙在山麓，三楹，东向，是牟氏后裔牟西崖在明正德年间（1506—1521）所立。将军庙也叫七将军庙。庙内，供奉着靖化乡主陈伍侯王，外奉文天祥、杜浒、牟大昌、牟天与及三门义士胡文可、吕武、张和逊等抗元英雄，代代相传。1935年，将军庙曾挂有由牟树则撰写的"英武庙七将军记"木匾，介绍英武庙供奉的七位将军的英雄事迹。2008年，英武庙在众乡贤的合力下，又得到了重建。《重建英武庙碑记》记述了茅畲牟氏八世祖牟大昌等人的事迹。清雍正乙巳年（1725），族人将牟大昌牌位放入牟氏宗庙铁骑庙，从此，铁骑庙改名为大宗祠，中楣匾"众志成城"，前楣匾"派衍蜀川"，族人以最高的礼仪供奉着舍生取义的宗族先辈。

当我站在将军庙下的快快亭里，二方石碑引起我的注意。一方为清光绪年间立的"快快亭碑记"，另一方为1995年立的"重修快快亭碑记"，上放着"社稷安宁"匾额，无不记录着大昌抗元舍生取义的事迹。

这样蕴含着鲁迅先生所评述的"台州式硬气"的故事在浦洋不断上演。明嘉靖丙辰（1556），倭寇入侵茅畲，官兵于浦洋铁骑庙抗倭，死百余人。

浦洋村章益坚、章学英二姐妹在林泗斋等中共地下党领导下，投身革命。后章益坚上四明山革命，女儿牟仲娥、儿子牟寿松参加新四军与浙南"三五"支队。章学英以"炊烟"为信号，为游击队报信。以三寸小脚为桐树坑革命同志送情报，被称为"革命老妈妈"。后来，章学英成为省人大代表、全国三八红旗手。参加革命的浦洋人还有许多。如牟志立、牟雪廉、牟富生、牟锡初等，浦洋人虞定道、牟仲娥牺牲后被授予烈士称号。一个村庄诸多村民参加革命的故事至今仍在浦洋传颂。革命老妈妈故居陈列馆在浦洋村落成，供后来者参观。

官封里，牟贤故居在浦洋

宋咸平三年（1000），始迁祖牟俸从四川陵阳"卜筑"下街，开始在茅畲定居，"诛茅垦畲"，千年繁衍生息，牟氏一族成为黄岩十大望族，也为茅畲第一大姓。

浦洋，历史上有上台门、双具捣臼门、乌水门、下台门四大台门，还有一里多长的龙墙等古迹，其中，最气派的是有"三透儿明堂"之称的明末进士牟贤故居——官封里。

《畲川牟氏族谱》记载：明成化年间（1465—1487），黄岩牟氏十五世后裔牟瑾、牟璠兄弟从茅畲柏树下迁到浦洋，二哥瑾居上台门，取号东麓，弟弟璠居下台门，取号西崖。牟贤，即西崖公之孙。家族有耕读传家之风，少时聪颖，文才不凡，有人评赞他"腕可以摇五岳，肩可以担八荒"。明崇祯六年中举，崇祯七年（1634）的会试中，与龚鼎孳、杨元锡号称"一榜三少年"，进士及第后，崇祯皇帝还专门为他"赐归毕姻"，钦差广州司理，平反了千人冤狱，后巡抚陕西龙门平乱，政声颇佳。无奈，晚明日薄西山，崇祯帝吊死煤山，牟贤自此后的三十年归隐官封里，诗酒人生。著有《拙庵诗草》。

历史终会隐去。当我踏上浦洋追寻牟贤的踪迹，曾经台门前立着五座方墩旗杆石与四道石台门已泯然无存，路边留着的几根石立柱基本散落各处，千米龙墙只剩数十米残迹。主房尚在，中堂板壁上隐约还能辨认出牟贤当年中举人、中进士时的扁体仿宋禀报条幅，依稀中尚能品出当年进士及第时的荣光。

浦洋，一个千年古村的故事在岁月的长河中沉淀。当我打捞起一串串骊珠，无不述说着一段关于"国"与"家"水乳交融的故事。我期望着擦去岁月的风尘，再现古村新景象。

青瓷碎片

胡富健

没有复原的龙窑风雨无忧
一重又一重碎片
在沙埠披着荆棘与草木
仿佛记忆
被强行标注不可亲近

将心举在手上
与走失千年一样
相拥相抱渐行渐远

深入挖掘，惊喜也在进一步
似乎印证海上丝路
又一个起点纹饰
鹦鹉纹、婴戏纹、云龙纹、莲花纹
……弦纹、莲生贵子
能够碎裂成片
历史需要多少厚重去挤压

九龙透天之所以流传
一种品味叫宁为玉碎不为瓦全

而世界愈合一直上演
新的碎片同样不断发生
它始料未及

沙埠青瓷的故事

毕雪锋

　　说到沙埠青瓷，记起了小时候第一次邂逅它的情景。那是在初中同桌家，同桌的父亲是文化人，把家里布置得古色古香。书案上备着笔墨纸砚，条几上置放着古琴，博古架上还陈列着各种瓶瓶罐罐，看上去很古老的样子。但中间的一只碗却独具一格，它的颜色既不是高古瓷的黄褐色，也不是青花瓷的蓝白色，而是翠青色——一种很难形容的颜色。就如宋徽宗赵佶的诗句所写："雨过天青云破处，这般颜色做将来。"试想下，大雨过后天空清澈，云气飘渺，这种朦朦胧胧的色调该如何形容？同桌的父亲见我牢牢地盯着看，便笑笑摸着我的头不无自豪地说："沙埠知道吗？这件东西是我们本地沙埠窑的。"说完还小心取下让我摸摸看，"过"手的感觉虽已忘却，但那抹翠青色却在我的记忆里长存。

　　沙埠窑遗址，位于浙江省台州市黄岩区沙埠镇青瓷村与廿四都村交界处。主要包括竹家岭、凤凰山、下山头、窑坦、金家岙堂、下余、瓦瓷窑等晚唐、两宋时期古窑址，窑址群遗物堆积丰富，窑场总面积约 7 万平方米。2019 年，考古取得重要收获，发掘出一条斜长 72.32 米的窑炉遗迹，这也是浙江地区目前已发掘的两宋时期保存最为完好、结构最为清晰的窑炉遗迹，让沙埠窑"一朝成名天下知"，先后被评定为全国重点文物保护单位和省级考古遗址公园。

　　这让我想起在沙埠一带流传已久的"九龙透天"的传说：相传北宋年间，在沙埠仙村岭西边脚下，有一座叫"万善堂"的寺庙，姓陈的一户人家曾在此寄居。这户人家有九个儿子，以烧制青瓷为业，九座青瓷窑分布在各处山腰坡地上，由九个儿子分管经营。九座瓷窑每次烧窑时便有九支烟柱冲向天空，烟气漫天飞舞，形如"九龙透天"。烧制出来的各种瓷器，式样美观、纹饰精美、釉色鲜亮，很受四方百姓的欢迎。日子一久，名声渐大，吸引了一大批外地瓷器客商采购和运销。这个传说也从侧面印证了沙埠窑曾经的辉煌。

而沙埠窑遗址所在的青瓷村作为全国唯一以青瓷冠名的村庄，更是一个独特的存在。这里群山环抱、溪水长流，资源丰富、环境优美，为工匠们烧窑制瓷提供了独一无二的便利，让沙埠窑的炉火从晚唐五代熊熊燃烧至两宋，绵绵不绝。同时通过便捷的水路，让满载瓷器的船只驶向四面八方，远销日本、高丽、菲律宾、印尼等地。

但是，这段辉煌的沙埠青瓷历史却藏在了时光洪流中，历史典籍和地方旧志里均找不到零星记载。曾经熊熊燃烧的窑火也因为种种原因而熄灭，曾经繁忙的窑场，最后化为一片荒芜。究其原因，似可从考古结论和相关资料中略探端倪：浙江青瓷曾有过四次窑业中心的转移，从夏商周时期位于以浙北德清为中心的东苕溪中游地区逐步南移。东汉中晚期至隋代，窑业中心位于以上虞为中心的曹娥江中游地区。后来再到慈溪上林湖一带。北宋晚期，转移至龙泉地区。由于制瓷需要消耗大量资源抑或其他原因，沙埠窑在南宋早期断烧。拥有高超制瓷技艺的匠人，或许从此转移至龙泉等地，继续进行瓷器生产。

在黄岩博物馆举办的"沙埠窑考古成果展"中，我和沙埠青瓷来了个全方位的"接触"。从出土瓷片和完整器物的展示中可看出青瓷器型有20多类50余品种，涵盖碗、盘、杯、洗、壶、瓶、罐、炉等。器物表面均满施釉，釉色为翠青、淡青、青泛黄诸色，还有少量的紫金釉。釉层较厚，玻化强，有冰裂纹。釉色丰润雅丽，似冰如玉。沙埠窑青瓷的纹饰也十分丰富，有飞禽、花卉、云龙、婴戏；也有弦纹、折扇纹、鱼鳞纹等。整体笔画流畅豪放，线条清晰明快，装饰风格立意鲜明。

其中我印象最深的当数国家一级文物——沙埠窑青瓷熏炉。这件器物和我也算有缘，我曾受馆方所托，依据器物照片亲手勾绘过它的整体纹饰，也近距离地观察过好几回实物，但每一次总是凝神静对，不舍离去。熏炉由身和盖两部分组成，子母口扣合，呈圆球状，圈足外卷。盖镂空，以三瓣卷叶缠枝忍冬纹为主纹，叶瓣均为纤细划纹，炉中香烟通过叶间孔道逸出。炉身上部与盖口部相应，饰四道弦纹带，下腹则浮雕三重仰莲一周。这件青瓷熏炉无论质地、造型和装饰，都显得清纯典雅、精致美观，具有明显的时代特征和审美价值。

光阴远逝，辉煌的曾经已然成为过去，那些流传于世的沙埠青瓷，也从每一天生活里触手可及的器物，变成了玻璃展柜内的历史文物。但这段历史并非触不可及，在沙埠窑的"品牌"推动下，青瓷村会同省、市、区、镇各部门完成了沙埠窑考古遗址公园的规划。下一步将继续配合开展沙埠窑竹家岭遗址考古发掘，支持建设和完善游客服务中心、龙窑保护展示区、青瓷博物馆、青瓷研学营地、大师园、文创基地、青瓷产业园等集遗产保护、研学教育、文化创意、旅游休闲等功能为一体的考古遗址公园。相信不久的将来，在这里我们将穿越时空去探究追寻，用继承和传递来重现宋韵之美。将沙埠青瓷的"魅力"发扬光大，让沙埠青瓷的故事源远流长。

（参考资料：《丹丘瓷韵：台州窑陶瓷简史》/
黄岩博物馆"沙埠窑考古成果展"展品资料）

三合村是一曲深挚的抒情

池慧泓

这可以从奔流不息的清溪中感知
它有着剑山的脊梁，群力的智慧

它流过林间
松花明净，春笋怒发
梓桑绿如春水，枫叶红于火焰
枇杷杨梅酸甜出一座花果山

它流过田间
谷麦玉米风中淘金
土豆番薯生姜土里藏金
茭白伸长脖子，聆听一行白鹭弹奏田园牧歌

它流过岁月的光影
一群古樟长成绿色文物
叶脉根脉融通历史文脉
在千年古井深处伸展

曾有的定光寺
据说可闻到天台国清寺隋梅的清气

现存的白鹤庙
依然缭绕着初唐的山水雾霭

清朝的几位秀才名士
在王乔的一块石碑里留迹
而喻榜眼的风骨，则在这片深秀中
耀成一颗星，更活成一粒种

清溪流过绵延的书香
流过生龙活虎的舞狮队
当小橘灯点亮共富之光
溪畔长出崭新的工业园区

三溪汇聚，三面环山
三合村有着日月的眼光，风云的翅膀

古樟树下的村庄

王　萍

你老家的村口有樟树吗？

樟树自古被誉为民间的"神树"，南方农村几乎"有村必有樟"，《本草纲目拾遗》写樟树的树皮纵裂，像是大有文章的意思，故名为樟。古时人们认为村口的樟树若是枝繁叶茂，枝干粗大，则表示这个村的历史久远，并且繁荣昌盛。

叶茂如苍穹笼盖，遮天蔽日；枝繁如群龙游戏，虬曲苍劲；干粗如巨人伫立，直插云霄。我们一走进新前三合村，就被眼前壮观的古樟树群所震撼。让人怀疑自己正穿越到远古鸿蒙，蔽日遮天、苔痕斑驳、小溪潺潺、木廊蜿蜒，好一处清凉幽静的武陵桃源。

我们走到树荫下，顿感清凉、滋润弥漫全身，每一口空气都是如此清新甘甜。仿佛将一切嘈杂、烦恼、压力都弃在红尘世界，眼前只有平和与安宁。一条蜿蜒曲折的小路在浓绿的夹持下，向山脚下匍匐蔓延。拾阶而上，修竹古樟遮天蔽日，上山的石级更显幽静，阵阵清凉滑过脸颊，信手借得几朵碧云煮一缕绿烟轻抚。庭院式的小山包，一条曲径，几处石亭，犹如《红楼梦》中"曲径通幽处"和"沁芳亭"，怡红公子见此佳木葱茏，奇花闪灼，一带清流，定会刻古雕今，题联拟对。

漫步在村庄的小路上，总见逶迤娴静的小溪相伴左右。从狮子岩、剑山流淌而下的三条小溪，宛如三条温和的银蛇在村里盘旋，时而绕过应家房前，时而绕过吴家屋后，一转身又伸展到菜地，淌过麦田。时急时缓的溪水，"淙淙……"流淌，如悠扬的摇篮曲，陪伴着劳作了一天的人们入眠；如晨曦里的呼唤，和早起的鸭子欢歌。在骤雨初歇时，新涨的溪水漫过汀步石，急切的水流冲撞在一排排汀石上，泛起朵朵莲花，又瞬间枯萎在水流中。

小溪对岸是长势喜人的菜园，一畦整齐的豆架挂满碧绿的豆荚；一垄葱郁的土豆正疯长，翠叶间开出朵朵小黄花；桑葚的叶子碧玉油光，叶丛里挂着几点或鲜红或紫黑的葚果，正招引几只贪吃的小飞蝇光顾。

沿小溪而行又见樟树，或有几人合抱，独树成林，闭日遮天；或是汤碗直径，在枇杷树、桑葚树、柿子树中，显得高耸挺拔有鹤立鸡群的气势。听说三合村的古樟群在台州也是屈指可数的。村内凡有樟树的地方自然成了村民休憩、闲聊的去处，村委会顺应民意，在树荫下建起一座座凉亭。穿村的小溪，成群的老樟树，安详的凉亭，是三合村独有的风景，弥漫着一股古朴优雅的气息。只见溪水悠闲潺潺，石拱桥头，孤身漫步，樟枝暗香上心头。

来到村办公大楼前，小橘灯共富工坊的匾额赫然入目，宽敞的工场，摞着一堆堆工艺品，只见十几位村民正坐在长桌前，忙碌而熟练地插孔、拍合，一经他们的手，件件成品完美呈现。我们和靠近门口的一位老妇人闲聊，不承想周边的工友们都热情高涨地加入聊天，听他们欢快的笑声，小橘灯共富工坊一定是他们心愿实现的地方，无愧于"星级共富工坊"的称号，共同富裕的道路虽然曲折漫长，相信人心齐泰山移，希望的曙光已清晰可见。

勤劳致富是三合村人的光荣，耕读传家更是三合村人的优良传统。早在明代，就有世家子弟杨世觐从小勤奋好学，每当剑山上公鸡报晓时，他已在灯下苦读。到清代又有青年应廷栋、应梅臣、江桂兰勤勉苦读在乡间传为佳话。原剑山村自古以来就有文武并举的传统，习武学文蔚然成风，在吴家老宅前一对斑驳的上马石正是当年吴家兴盛的见证，历史已成过往，但三合村不屈不挠的精神代代流传。

舞狮是一项优秀的民间艺术，又是深受群众喜爱的体育项目。新前是黄岩的武术之乡，三合村舞狮队在当地已小有名气，队员身手矫健，在历次表演或比赛中表现非凡，把上高台、站立、侧身等高难度动作展现得完美绝伦。只见舞台上三张凌空叠起的八仙桌，金狮猫身腾跃，高立顶上，一副神龙过江之威、转身又现猛虎下山之势。腾、跳、托、举，随着绣球的抛转，年轻小伙把猛狮威武、霸气、敏捷的特性和双狮嬉戏的温和娇俏表现得淋漓尽致。舞狮队炉火纯青的表演总能获得观众热烈的掌声，也将上百年的非遗文化很好地传承和发扬。

山水的灵秀从未远离，宽阔的水泥路联接着小村庄的宁静和村外的喧闹。回望狮子岩下的三合村，透出一股娴静悠远之意，古樟华盖和灰瓦白墙交相辉映，一个古樟树下的村庄伫立在初夏的骄阳下，最能激起你我思乡的情怀。

雨中沙滩村

应佳依

雨，滴落在太尉殿屋檐下
两只石虎被雨淋湿了
四棵香樟树也在雨中沐浴
沙滩老街上依稀的身影
红灯笼延续着年味

这座安静的古村落
在雨中默数着千年光阴
北宋初年黄懋举家迁徙抵达柔川
南宋乾道年间黄希旦救火牺牲
宋末元初黄超然创办柔川书院
忠诚义气是不变的守望
耕读传家是文明的源泉

乡民们把炊烟揉进馒头里
把春天揉进寿鼓头
把山野揉进番薯庆糕
热情招待来客

雨还在下

化成柔极溪水
冲刷出沙滩村的前世今生

一粒奔跑的沙
满载太阳的力量
迈出乡村振兴的步伐

一湾柔极溪，千年沙滩村

余喜华

沙滩村，位于黄岩西部屿头乡，距黄岩城区 20 余公里，因村落建在柔极溪水冲积而成的沙滩上而得名。

柔极溪源出括苍山支脉，全长 20 余公里，是永宁江上游四大支流之一。上游有布袋溪、洋坑大峡谷，山高沟深，溪流湍急，至沙滩村所在冲积滩地，水势始柔静而缓，柔极溪方得名副其实。

沙滩老街，摄人脚步没商量

沙滩村沿溪而建，位于柔极溪北岸。沙滩老街是沙滩村的灵魂景区，我曾多次涉足此地，特意到此一游，也曾再教育于乡村振兴学院，也曾为购得名扬一方的沙滩馒头。总之，欲行沙滩，有种种由头。

沙滩老街有东西两个停车场，踏入老街，可东可西起始，皆无门槛，无需扫码付费。我先从东面步入，青石板、鹅卵石路面，质朴粗犷，仿佛走在五十多年前老家的巷弄里。"半亩方塘一鉴开"，抬眼处，左侧首先入眼来的是一泓池水，估算水面半亩是足足有的。记得去年 7 月那一周的回炉学习，每天往返于教室和食堂时，见到池塘里是有几枝荷的。右侧则是几间三层的楼房，较新，该是 20 世纪 90 年代以后的建筑，门前种着茄子、蒲瓜、长豇豆是爬在架子上的。

往前走，左侧是社戏广场，巨大的戏台坐西朝东，每逢农历十月一日，村民们在此举办社戏活动以庆祝丰收的到来。广场周围环绕着四棵 800 余年树龄的古樟树，华盖亭亭，参天蔽日，可供村民们休憩、纳凉。右侧则是沙滩村最古老最神圣的建筑——太尉殿，供奉的是一位少年救火英雄黄希旦，民间尊奉其为"显顺尊王"，亦被当地黄氏族人称为"太祖爷"，尽管黄希旦救火牺牲时年仅 18 岁。太尉殿始建于南宋末期，至今已有 700 多年的历史，曾被赐额"忠应庙"，为道教场所。太尉殿也是黄氏族人每逢大事议事的地方，兼具黄氏宗祠的功能。

继续走，则是南北两边对应的街面屋，一应的二层木质老屋。左侧的一排民房，已改造成农家书屋，分三径书屋、柔川乡村书房、柔川书院三个部分，据说总面积有 2200 平方米，藏书达 9000 余册。右侧临街是由老粮站改造而成的中高端民宿——粮宿，我曾独自步入里面，在道地里的躺椅上坐过，感受到这里的雅致、宁静的氛围，看到一块"今日我躺平"的牌子，我差点真就躺平了。粮宿的后面，即是由原乡卫生院改造而成的乡村振兴学院（北院）教学区，我已多次在这儿的教室里聆听过各路专家的讲座。

过农家书屋，两侧街面是几家馒头店、炊圆店，这才是老街振兴以来真正惠民的项目，据说老街每日馒头总销量达 1 万多个，最多一家店每日销量 6000 多个，年收入超 50 万元。不仅经营户致富了，还让 50 岁以上中老年妇女可以就近就业，不用外出就能获得月收入 5000 元以上。

沙滩老街的最西头，是原乡政府改造的枕山酒店客房，四合院式，依山傍水，环境清幽。

柔极而刚，千年文脉永相承

一个好听的故事，必定有其精彩的故事情节；一条好看的沙滩老街，也有其传承千年的不老故事。

沙滩村是黄氏族人聚居地。时光回溯到 1000 多年前，北宋初年，一个叫黄懋的福建人，曾当过工部尚书这样的正部级官员，仍遭人陷害被贬谪到台州，他借机游历台州的山山水水，在游览了有"道教第二洞天"之称的委羽山后，又来到了时称"柔川"的沙滩村一带。经历过官场政治风云激荡变幻的黄懋，此时背着贬官的身份，行前必定带着一身的心理包袱，来后他见此地山清水秀，清幽宜人，马上决定放下一切功名利禄，就地隐居下来。于是，曾经的朝堂显贵，转身成了山野一渔樵，从此泛舟柔川上，惯看秋月春风。黄懋成为柔极溪边沙滩村最早的原住民。

一如柔极溪水，出自高山峡谷，激荡刚猛，至沙滩后，刚极而柔。作为曾经是政治家的黄懋，性本刚毅，在经历一系列的世事磨砺与劫难后，在柔川青山秀水的感召下，也刚极至柔，一腔热血化作山水柔情。

隐居不是躺平。黄懋在担任临津县令时，曾向朝廷建议推行"南稻北植"并形成"水长城"，就是通过治理黄河水患，引种水稻，实现北方边疆军垦屯田，有效解决军粮供应问题。同时，纵横交错的水网稻田，构成水上长城，可以有效阻滞以骑兵见长的辽国军队的入侵。黄懋的建议，一举两得，为澶渊之战后宋辽和平发挥了重要作用。沙滩村与黄懋祖籍地福建的气候风物相差无几，隐居柔川的黄懋必定继续发挥自身特长，在沙滩村教授子弟及村民开渠筑坝，引水灌溉，种植水稻，富民发家。从此，耕读精神在柔川这一方水土播种、发芽、开花、结果。

黄懋身后三百余年，黄氏一族又出了一位叫黄超然的大儒。黄超然聪慧敏捷，幼时即师从学者蔡梦说研究古籍，后与车若水一起拜师金华经学名家王柏，得理学真传，成理学大家，为南宋台州十大儒之一，曾两次被举为乡贡。入元后，黄超然拒绝仕途，隐居家乡办柔川书院，广收门徒，讲学传道。黄超然子黄中玉，子承父业，接管柔川书院后，继续以教育为根本，使柔川书院发扬光大、蓬勃发展。

正因为有了黄懋、黄超然、黄中玉等黄氏历代先贤弘文传道，柔川黄氏一族不仅人丁兴旺，更是文风鼎盛，人才辈出，千年不衰，柔极溪、沙滩村始终洋溢着儒家的人文气息。柔极而刚，黄懋不灭的家国情怀一直在黄氏血液中流淌，故涌现出古有黄希旦这样的救火英雄，今有黄仲虎这样的国家一级战斗英雄。

乡村振兴，人居环境新样本

沙滩村，自黄懋始居开发，经黄氏历代经营千年，终成黄岩西乡一集贸重镇和文化中心。中华人民共和国成立后，沙滩村是屿头乡政府所在地，沙滩老街汇聚有乡公所、粮站、供销社、卫生院等一应政府公共机构建筑，老街一派欣欣向荣的繁忙景象。每逢集市日，更是百货汇集，人头攒动。

但随着时代的进步，社会的发展，老街容量有限，于是乡政府等公共机构向着东边迁移。而随着改革开放时代的到来，沙滩村的村民也享受到时代的红利渐渐富裕起来，村民们争相在村子东部建新屋。再加上新千年以后，工业化的到来，沙滩村的年轻一代纷纷离开山村，奔向远方打工创业，沙滩老街渐渐冷寂下来，老屋也渐渐空置了，仅留下一些不愿外出的留守老人。沙滩老街终于成为空心村，荒芜、破败、脏乱差的结局不可避免。

为响应国家乡村振兴战略，自 2013 年起，屿头乡引进同济大学杨贵庆团队，以沙滩老街为起点，以保护性开发为原则，开启美丽乡村建设之旅。2014 年，太尉殿片区被黄岩区委区政府确定为区级美丽乡村综合示范区，填埋旧粪坑，清除历年堆积的垃圾，打通断头路，清理旧屋基 60 余间，绿化 9500 多平方米，建成社戏广场、阳光房、太极潭、天云堂等。2015 年沙滩老街二次改造，建成书吧、酒吧、茶吧、民宿等特色休闲产业，吸引了众多游客。2016 年，同济大学"美丽乡村规划教学实践基地""中德乡村规划联合研究中心"先后落户沙滩。2018 年《人民日报》头版头条整版报道，高度赞扬沙滩村校地共建的有益探索。2019 年，沙滩村的改造经验被联合国人居署写入其与同济大学的联合报告中，在首届联合国人居大会上发布。

十年改造、十年提升，如今的沙滩村，一如我们前面看到的那模样，古朴而现代，幽静而热闹，平凡而奢华，吸引着一批批的游人，一拨拨的参观者，一队队的研学、培训者的到访、游览、学习。正如著名诗人黄亚洲所言："屿头是诗，沙滩是画。"如诗如画的沙滩村，已成为新时代人居环境的新样本。

山卡村有记

子　秋

1

有空的时候，要多往鸟山水库走走
相信有神鸟有天池有天桥
走的人多了
路就成了天路
你也就成了人间之神
相信一颗纯净而美好的心
犹如发动机
令你在尘世看车水马龙亦可缓缓归

2

马铃薯、芍药、豆腐、番薯粉条
它们挨个儿排着
带着土家语言的土物
流进你的肺里心里
是甜甜的暖是酸酸的疼
它们让你想起远方的亲人
此刻就如桂华叔这般的纯朴热情好客
一样一样摆上饭桌

一辈子面朝黄土背朝天

把根扎进深山

一直露着满口白牙好像从不知人间苦楚

3

人生需要一道道关，至此，方圆满

圆通桥、山卡关、游步道

在山水间，在天地间穿行，架构

它们是水是土是木，是五行元素

亦是连接我们身体的七筋八脉

通了血路

一切的苦便是人间化境

仿佛村民数十年来用脚步丈量

群山之间数百次

用眼眸一次次抚摸群山之巅

走访山卡村

牟锡高

现在的山卡村，由原山卡、乌山两村合并而成。它位于黄岩区的西南部，东连沙埠镇，西南邻乐清市，西北接平田乡，北临本乡茅畲洋村，是个四面环山的村庄。山卡村，平均海拔 300 多米，山清水秀，风光绮丽，自然资源得天独厚，是一个森林资源丰富的村庄。它集红色、绿色资源于一身，更有那，斗天换地、移山造田的山卡人。

5 月 3 日，我们采风完富山乡李家山村，即前往茅畲山卡村。对于该村，原山卡村那边，我已较为熟悉。那天，恰逢西部脱贫致富的热心人、区扶贫办的牟国满先生，正在义务为一批远方游客介绍"山卡关""永乐黄边区革命纪念室"，于是我马上联系他，让他在纪念室等候，为前来采风的作家做向导。而我，作为土生土长的茅畲人，对于山卡关的建设、纪念室的设计，已较为熟悉。巍峨高耸入云的山卡关，我已到过多次，并且写过《登山卡关》一文，发表在《今日黄岩》、学习强国网站上。2022 年春，我曾作为由区委宣传部、区文明办、区教育局等成员单位组成的爱国主义教育基地评定考核小组成员，参加了此室的爱国基地评选，当时，该室高分通过。如今，特别是周末、节假日，来此参观的人流如织，盘山公路上车水马龙。我早已耳闻，山卡人在 20 世纪 70 年代初开展"农业学大寨"活动，移山造田，干得热火朝天，闻名省内外。现在的大寨田，已被台州市天池旅游开发有限公司开发成为高山上的民宿，房舍焕然一新。2023 年春，我参加的浙江牟氏文化研究会年会就在这里召开，来自全国各地的牟氏后人（牟姓占茅畲人口三分之二，杨姓大致占四分之一）聚首于此，茅畲乡党委主要领导还亲临会场指导，足见乡党委政府是何等重视这千年茅畲的传统文化建设、传承。对那里的一切我如数家珍，比如山卡关，从工程的破土动工，到现在成为网红打卡点，我也是一个积极、有力的推介者。尽管自己水平有限，我仍将用笔去描绘、宣传可爱的家乡茅畲，包括及时宣传、报道茅畲山卡村改革开放、乡村振兴等诸多红色、绿色元素。我也知道，1984年，原山卡村就已被命名为省级第一批抗日革命根据地。

这里，往事不堪回首。

1942年6月2日，日军军舰驶抵东山埠外，分别从乐清清江渡头和上埠头登陆，肆行抢劫财物，焚烧街市民房，烧杀掳掠，无恶不作。我党及时组织了永乐人民抗日游击自卫总队，活动在永乐黄边境，山卡、桐树坑等地，打击侵略者，保卫了人民生命财产安全。

1946年，国民党竟公开撕毁《双十停战协定》，大举进攻解放区。1947年冬，我党建立了括苍支队。桐树坑是台属特委驻地、浙南游击纵队活动地，当时有游击纵队领导仇雪清、蔡康春同志活动在桐树坑与山卡之间。至今，纪念室里还有许多括苍支队的领导、队员的名字，他们是：浙江省原副书记陈法文、周丕振（1917—2002，后任浙江省军区司令员）、邱清华、原永乐黄边区主要负责人蔡康春、牟菊明（诗人何其芳夫人，曾任周恩来、董必武秘书）、革命老妈妈章学英、章益坚……一个个人们熟悉的名字，一个个动人的故事。

至于抗元英雄牟大昌，响应文天祥抗元，血战黄土岭，族侄牟天与退守山卡关，与乐清鲍叔廉练兵抗元的故事，早已家喻户晓。

历史元素，举不胜举。

我这次采访，重点放在原鸟山村这边！特别关注这里美丽的鸟山水库，天池般的库区开发，台州特产绿色食物，"船山牌"的发展和现状，西部致富带头人蔡桂华等的创业历程。

下午，快5点钟了，桂华先生急于回家，忙着在自家农地杀鸡、抓鱼、刮芋、拔萝卜……热情地准备着我们的晚餐。于是，我只身一人，去鸟山水库新开发的索桥那边，看看这 1958 年开建，几万人肩挑，叩石垦壤，修建而成的用于防洪灌溉的中型水库。

站在大坝上，只见四周都被绿色怀抱着。东望，漫山遍野的绿水青山，西部人民自力更生，建造的茅平公路（茅畬—平田）、平佛公路（平田—沙埠佛岭），似银蛇般，在山间蜿蜒游动。遥望远处，东北方向，高山之巅，茅畬八景之一的圭岩，如大臣早朝，栩栩如生。抬头仰望，东南方向，纱帽岩（茅畬八景之一）形象逼真，饭蒸岩云蒸霞蔚，似乎有一桶米饭刚要出锅，正冒着热腾腾的蒸汽。转身西顾，只见湖水如镜，如一块极大的不规则的碧玉，镶嵌在蓝天白云之中。夕阳如血，映照在湖中，此时，夕阳映照着湖光山色，倒映在水中，让人分不清哪是天上，哪是人间山色。于是，我带着希望，带着憧憬，奔跑在金色的湖面上，飞奔于铁索桥上，静观潭边瀑布，直达黄乐边境的画眉弄自然村。

晚上 7 点，才匆匆返程。看到湖边居民区灯光闪烁，夜莺在婉转地歌唱。我只身一人，仿佛置身于美丽的天上街市。

饭后，我们继续进行采风活动。当聊到台州特产绿色食物"船山牌"时，桂华先生说，现在产品可丰富了，香笋干、本地姜片、姜汁米、薯丝、豆干、菜脯……全是高山无公害、绿色食品，已经成为与省农科院的院地合作项目。桂华先生脸上洋溢着幸福而自豪的微笑。那天，我们虽来不及去九溪云阁小坐，来不及去龙潭边一览碧水飞瀑（茅畬八景之一），来不及去龙潭背路廊里喝口凉茶，更来不及去黄乐古道的必经之路——响岩前岭叩石问天……但收获满满！我深深懂得山卡村不仅有红色、绿色基因，更有令人感动的逢山开路、遇水架桥的山里人所特有的精神品质。

山前村访荷

禾西西

寻夏迷路于此。推柴扉而入
有粉月亮从迷迷糊糊的水里跳出来
汤勺般的脚丫踩上道边大石，拦住我
瞪着"不知有汉"的大眼睛
我解下白纱巾，它抛给我
两只黄蝴蝶。更多的粉月亮举着火把
用莲藕跟我掰手腕
一会儿不许我说话，一会儿又不许我闭眼睛
文艺汇演马上要开始了
没去过山前村的人看不到晚霞如巨大的
蟹壳笼罩于天空，腹地那群
没见过霜雪又横行霸道的粉月亮
一到晚上就会像玩累了的孩子
回到水面，把笑声变成花蕊

三月踏春到山前絮语

王嫦青

泽沛曲江累世家传金鉴录，

地惭仁里满门春蔼玉珂声。

这是抗日战争时期黄岩县委革命旧址（南城街道）山前村陈列馆门前的一副镂空雕刻的石门联，语韵绵柔中兼含铿锵，意达千里，叫人过目难忘。据说此联饱蓄一方乡土历经世事沉炼而凝萃出的"土屿遗风"的芬芳，其中"金鉴录"的典故更是可以直接溯源到唐代文学大家张九龄。

人曰，一叶见春天，一字窥底蕴。对山前村的探访之意就在我阅毕一则介绍它的新闻见诸如上的一副石联后油然生起。旧时被广传的"小小黄岩县，大大土屿府"的主角之一——今日的山前村，有着怎样的深浑人文呢？好奇心与景仰之心的相互催化与驱动，促成了我与一座灰墙黛瓦的古朴四合院的初见，也在与这座院子的无声神交后，我怀着更进一步的敬畏与崇慕之情，深深品读了这个小村子。

我的足迹留在这个村子一个阳光明媚的三月春日。我们一行几位文友，带着文人的缄默与热忱，跟随着当地网格员与春光一样明媚的笑脸，从文化礼堂到上述那副叫人惊艳的石门联所在地——抗日战争时期黄岩县委革命旧址，再到吞兜里湖，以及附近的小微园区。一路春风和煦。

还是先说说这一副石门联吧。据介绍，此门联原是清代本地名望之士张敷纪先生故居石台门上的，因城改需要而整体迁建至当前位置。纯石料结构的对联，用洒脱行楷书写，厚重磅礴，不语自威。大地之色的土黄色围边，辅以精工花纹修饰，更臻精美异常。历经百载风雨的洗蚀，个别字边稍见风霜，但字迹整体清晰易辨，落落大方。门楣上方精致的青釉石门额上，阳刻"薰风和畅"四字。石门联的身后也正是张敷纪先生的故居，同为抗战时期"革命老妈妈"郑彩娥的家（郑彩娥属张家后人的媳妇）。一木一瓦，皆最大程度地保留了原有的样子，也可见山前村人对于它承载的历史的尊重与疼惜。一座老房子，因其厚重历史的加持，更臻巍峨。

一声"吱呀"，推开古老的木门，古旧的狮子头铜锁轻声应和，一个宽敞素净的院子承接了我们内心的向慕之情。首先映入眼帘的左右两排行屋呈工整对仗式，抬眼中望碧空流云。跨过门槛，一块三尺见方的木质匾额正悬于正屋的上额处，上书"髦士沾恩"四字。这四个鎏金大字（1913年至今）因历经风蚀雨淋目前金粉几近掉尽，但旧黄色依稀可辨，彰载着张敷纪先生资助寒门学子的感人故事。昔时主人的人格光辉，似仍昭照人心。左右两侧的连廊下，巍然陈列着记叙二十位先烈英雄事迹的画板。黑白的照片，铿锵的英雄故事，引人深思，叫人肃然起敬。

据说，异地复建后的旧址占地面积足有四百多平方米，肃穆、端庄非常。二楼现在是山前村历史沿革陈列，同为爱国主义教育基地。近百幅历史图片、三万字文字史料、众多实物资料，展示着橘乡黄岩的红色记忆。

门前两株少说也饮过几十年雨露的香樟树，格外苍翠、遒劲。

三月的风，轻柔得像丝绢一样，还透着盈盈的香气。在来接受这庄严的红色精神洗礼之前，我们还有意先到此村已被评为"全省首批五星级文化礼堂"的村级文化礼堂进行了参观，提前了解了村史，以及村风村貌，意在更能深刻承接此地的精神文化根茎，得其熏悟。在那里，我们观看了山前村的影像介绍，参观了二楼的当地旧物展览。这些老物件，都是过去当地人民生活情况的真实写照。

心盛爱与敬，而后我们全身心投入式地参观了前面所述的"抗战时期中共黄岩县委机关旧址山前陈列馆"，从这里接受了一番红色精神的照耀出来，一路沿着康庄的洁净大路，望着一排一排新建的村墅，我一路在想，开始文化礼堂的短片介绍时，说过去这里曾被称为"水窟塘"，现在着实是难以想象的，怎样也无法将其与眼前的景象串联。现在山前村已入选"浙江省 3A 级景区村庄名单"，幸福的荣耀加身。

三尺泥路是大道，
脚踏石板两头翘，
一场大雨浮泡泡。

过去民谣里所述及的"无路"时光已经在时间的行进当中隐入烟尘，眼前的"幸福村"绿树红花，大道宽阔。

兴之所至，我们信步漫游，一路上春花开得正盛。一边走，一边听着关于此地拜文昌君为守护神、奉孔子像为尊师的文昌阁的书香故事，惊叹这里优秀的人才无数。听着关于始建于清乾隆时期的永庆堂的过往与今生，不觉间来到了岙兜里湖——这是山前村一个美丽的湖，静静地嵌于文化礼堂一侧，如玙如璠。

择一湖边小凳随坐，有满脸堆笑的老妪拎着一篮子刚采的新竹笋打我们跟前经过，一阵泥土的气息下，一张满满皱纹都藏不住灿烂笑容的脸，向我们饶有兴致地讲起每到夏天来到这湖边漫步的惬意情景，还有，对面的荷花半开，映衬着碧波的样子。她说："这里景色很好。"我想她说的"这里"既不是单指眼前的湖，也不是单指她提起的对面的荷塘，应当是泛指山前村的。我们透过她眼里闪动的星光，读出了真诚与和婉。另一位笑意盈盈的大爷听说我们是访客，也为我们当起了免费的解说员。原来，山前人都这般热情。

与岙兜里湖毗邻的荷塘，确实将刚才偶遇的那位陌生又亲切的阿姨描述的景色具象化了。虽然此时的荷塘才犹如刚刚苏醒般，未及精心地梳妆，还没有到荷花开放的时候，一副不施脂粉的清素，却也别有一种可心的观感。新的春天仍然收留着旧年残留的荷叶，在徐徐的春风中，流露出一种散漫、松弛又柔和的禅意。枯干的荷叶下，一些清新的绿色正在向上窜着。那里正在酝酿着一片更加明亮的氤氲绿意。

山前村不仅风光秀丽，环境宜人，还有蒸蒸日上的小微园区也是他们幸福的坚实后盾。山前人是敢打敢拼的。

当落日的余晖洒向我们肩头的时候，我们才意犹未尽地踏上归程。暖黄色的阳光在春日的傍晚显得特别温柔可亲。远处飘来了隐约的歌声，高亢中带着甜美，像一股清泉般由远及近，进入我们的听觉范围，我们不约而同地望向歌声飘来的远处，甜甜地笑了。

山前，在春风中引吭高歌，会当奔向更加和谐、美好的未来。

山下郎：万亩花田　锤声悠远

林海蓓

很多年前就听说过你
不仅仅是你的杨梅远近闻名
那造桥铺路的石板
就是你忍辱负重的代名词

石窟的内部早已掏空
几百年的尘埃轻轻落定
朱砂堆岩腔里那一声声锤音
敲打着一去不复还的万物

如今再走近你已厂房林立
空旷的土地变成花田引来游人如织
那曾经掏空的岩仓正默默地制造秘密
终有一天你会向人们捧出一个奇迹

我们在等待你把美好和盘托出
这山边的大地不仅有鲜花点缀
还有深不见底的神秘
熟悉又陌生的风声

在记忆的微光处

李仙正

"小时候，村里年轻的采石匠，收工后开始打理个人形象，换上白色的确良衬衫，口袋里映出'大团结'，匆匆赶往城里消遣，什么老馆店啊、橘香楼呀，他们全都成了那里的常客。我每次见到他们这副派头，羡慕得不得了……"说到动情处，山下郎村书记两眼放光，扬起一脸自信的表情。

20 世纪 80 年代之前，"万元户"尚未流行起来，时代造就了山下郎石板仓，卖石板成就了"富裕仓"。当时，一个采石匠的工钱，抵得上 7 个青壮劳动力的收入。就这样，山下郎的名声因石板仓而远扬，传统石板热销周边地区，远销省外各地；山下郎人的生活因采石匠而富足，生产大队（今为村）建造了大会堂，大出风头，公社（今为乡镇）每次召开大会，都借用会场。甚至当地农村信用社筹集资金有困难，也找生产大队周转……

在记忆的微光处，山下郎村的辉煌年代，就是经营石板仓，靠卖石板创造了财富。据说，采石现场是热闹的，也是忙碌的。我虽没有亲身经历，但似乎身临其境，看到了采石匠们赤膊上阵，感觉有使不完的劲，一下一下又一下，挥动着铁锤；一锤一锤又一锤，精准地落在劈石楔子上，开凿出许多石窟。一个个大大小小的石洞，盘桓曲折，洞洞相连，并收获一块块大大小小有价值的石板。后来，这些石窟、矿洞、坑道成了"蟠龙洞"等景点，恍若仙宇琼宫。

至今散落在村上的少量老石屋、老石板，默默地诉说着苦难与荣光，石板仓的作业环境令人担忧，碎石屑四溅，石粉尘飞扬，给采石匠埋下生命健康的隐患。一面，"叮当、叮当"的声音不断在耳边声声响起，成为一种强大动力和力量的化身；另一面，借助卷扬机"千斤吊"的机械功能，收获深坑石仓里的成果，将开采出来的石板、石条吊上来，运送至附近码头。这空灵的响声，这忙碌的场景，仿佛接收到来自灵魂深处、遥远现场真实写照的信息，一个叫山下郎石板仓的地方。

石板仓辉煌的背后，也接受了走向衰落的现实，失去当年的光环。随着砖木、钢筋、水泥等替代产品纷纷登场，石板建材需求量锐减，山下郎石板仓采石寿终正寝，山下郎人卖石板的时代，很快成了历史。加上采石匠们因硅肺病爆发，一个个生命的陨落，吞噬了当年的光彩。

山下郎村，隶属江口街道管辖的一个行政村，那是一片交织着眼泪、欢笑与历史情感的地方，人文与生态交相辉映。全村由山下郎、上郎、山下周、塘古四个自然村组成，现有住户605户，常住人口2200多人。位于黄岩东门外，与东城街道红三村、红四村相邻，东官河穿村而过，大环线绕村北面，内环线和204国道十字形架在村中间。该村东南西北四通八达，水陆交通方便。

山下郎是怎么来的？暮春初夏一天，随着"一村一诗一散文"活动的不断深入，对接山下郎村创作内容时，在村文化礼堂大楼前的宣传长廊里，我们找到了答案——山下郎的来历：很久以前，朱砂堆北面的山下，住着一对从外地来的老夫妇，膝下无儿无女。老头上山砍柴，跌落悬崖不久而死，老妇生活无计，一路往南乞讨至温州地界，夜宿古庙，偶拾一弃婴，取名"郎儿"……郎儿20岁娶妻成家，生儿育女，成了朱砂堆山下郎氏祖先，而朱砂堆山下便是郎氏的聚居地，山下郎也就由此而名。

在当地人口中，山下郎石板仓，原来就是朱砂堆，古称东庙山，系方山（永宁山）支脉白龙山的余脉，因砂岩呈朱红色而得名。民间相传，孙悟空大闹天宫，打翻了太上老君的炼丹炉，一粒朱砂下落凡尘，变成了一块巨大的石头。老君差童子来取，却因朱砂有灵气，被正在此修炼的鲤鱼精和小黄龙占据着不放。老君准备亲自来取，被南海观音劝阻，观音仙水轻点，红石化作青山，成为当地百姓的衣食之源。因是朱砂所变，后人就称之为朱砂堆。

追溯朱砂堆采石的历史，年代久远，始于唐代，兴于清代。唐朝薛仁贵造黄岩城及明万历年间重修黄岩城，都取材于朱砂堆。年复一年的开采，留给后人的竟是百米高的大石仓和几十个洞穴，形成洞洞相拱相连的人工开凿的瑶洞。洞里有仓潭二十六口，迂曲盘绕，通幽深处，成为洞窟胜景。洞内蓄水深达几十米，清澈见底，碧如翡翠……

转眼间，荒废的山下郎石板仓，仿佛迎来产业转型优化发展的新机遇，追逐"生态优先，绿色发展"的理念，再造一个新风景，分享新时光。20世纪90年代初以来，山下郎村先后开发和引进旅游业，配合"锦绣黄岩""黄岩石窟"主题旅游项目，完成了升级改造挖掘，进一步展示石窟风光，将石板仓遗址、洞庭瀑布、空山泛舟、山水园林和朱砂堆岩画、隐居寺、宝相寺、绍兴桥等景点的人文古迹打包成串。目前，在石板仓遗址上，高耸的石门尚在修缮中，但刻画出一代一代斑驳的年轮，留下了岁月的痕迹。

时光已远去，但风景依旧在。山下郎村干部一行将我们引到当年的石板仓遗址前，指着一片开阔而深情灼热的土地，十分自信地说道：这是郊野公园的一角，刚刚收获油菜花季的美丽后，又开始栽种向日葵，假以时日，再造一片生态景色，让人欣赏到欣欣向荣的好风光。

上凤村的枇杷树

李建军

一棵一棵枇杷树，旋变为

一座一座阔远的枇杷林

当鸟唇衔来晨曦时

情思，像清晰的树影

铺展一圈又一圈的涟漪

树与树之间是时间的距离

爱和喜悦是落地的叶子

枝干摇动资本的舟楫

举起旗帜，打亮灯笼

让整个天空都闪耀果子的光芒

体内愈来愈葱茏和辉煌

枝头挂满一个个太阳和月亮

根茎深深地抓住家乡的土壤

这个越来越甜蜜的村庄

像展翅翱翔的凤凰，枇杷

在它们的眼眶内长出一对金色的眼睛

上凤村：满山枇杷树树金

陈　静

　　江南的春末夏初，正是吃枇杷的好时节。上凤村的枇杷熟了。一年一届的"屿头枇杷节"如约而至。漫山遍野，枝繁叶茂的枇杷树上，累累硕果压枝，果香四溢。每年的5月中下旬是上凤村最热闹的时候，这里是历届枇杷节的采摘基地。

　　上凤村是台州有名的枇杷之乡，种植历史悠久。几乎家家户户都种植枇杷，种植面积达2000亩，年产量10多万公斤。当地政府2009年开始举办屿头枇杷节，延续至今。上凤枇杷现已成为黄岩农产品的一张金名片，成了村民致富的网红"黄金果"。

　　从黄岩城区出发，沿着82省道延伸段，一路西行，去上凤村采摘枇杷。道路宽阔平坦，车过村庄和田野，两旁翠绿葱茏，生机勃勃，远处山峦苍翠欲滴，美不胜收。有一段行经长潭水库，公路沿着水库边缘延伸，水面开阔而平静，明净如镜。车行其间，山风拂面，令人心旷神怡。路边，枇杷摊一个接一个出现。一筐一筐黄澄澄的枇杷，衬着绿叶，非常诱人。

　　关于上凤村的村名由来，有两种说法。一说是此地原来有两座山，形状像两只凤凰，因为位置在上，故名上凤村。还有一种说法是说，从前有个财主和长工，一个姓张，一个姓黄，为避战乱来到此地，突然看到一只漂亮的鸟儿在林间飞来飞去，认为是只凤凰，就在此定居，取名为"凤"。后又因柔极溪到此地，需要爬过一个小山坡，所以取名"上凤"，沿用至今。如今，上凤村里90%的人口都姓张、黄，据说都是他们的后人。

　　进入上凤村，一片片枇杷园绿意盎然、硕果累累，一排排民房整洁规划统一、干净整洁，一幅村容整洁、环境优美的"美丽乡村"画卷呈现在眼前。村路平整，交通便利。村前的石龙庙历史悠久，庙前两棵古柏高耸入云，记录着村庄的历史，也见证着村民的幸福生活。

得益于地形、风向、水土以及气候，上凤村的枇杷皮色鲜亮，水分充足，口感清甜。上凤枇杷的好不只是地域环境的原因，还有果农们日夜的栽培。他们有着丰富的种植经验，用套袋生态种植技术代替老式农药除虫法，拒绝农药，不打膨大剂、催熟剂，一切源于自然。

眼前就是上凤村的枇杷采摘观光园，空气里飘散着甜滋滋的果香。树上的果实被套上了一只只纸袋。这些是防护套，防病虫害，防鸟啄，也防枇杷开裂。一个个套袋的背后就是果农的辛劳。特别是春节前后，果农还要手工疏果，一簇花只留四五朵，否则果子就会长不大。枇杷的花期特别长，结果也很慢。秋天吐蕾，冬季开花，春天抱果，夏初采摘，历经四季，枇杷呀，结成果儿，真是来之不易。

套袋里长出来的枇杷，不受风雪的侵扰，个个饱满圆润。成熟的枇杷超好剥皮。我喜欢把果柄折掉，顺带连皮撕下来。一条条撕开薄薄的枇杷皮，露出晶莹的果肉。尝一口自己采摘的枇杷，果肉肥厚饱满，清香酸甜，恰到好处，慢慢地在舌尖绽放，滑溜溜的果核滑溜溜地从嘴里滑出来，好吃极了。

依照果皮和果肉颜色深浅不同，枇杷分为红沙和白沙两类。红沙果皮金黄色，易剥，肉质肥厚，气味浓郁，酸中带甜，保鲜时间较长，适合运输。白沙的果皮浅黄，果肉偏白，细腻多汁，味道清甜。上凤村的枇杷以白沙、洛阳青为主打产品，其中洛阳青枇杷得到了国家农业部无公害农产品认证。白沙适合鲜食，最受吃货们喜爱，价格也贵些。洛阳青也是黄岩主栽品种，也叫落样青，因果实成熟时果顶及萼片仍青绿色而得名，不但可以鲜食，更耐运输储存，还可以用来做罐头。

枇杷一身是宝。果实不但可以鲜吃，也可以剥去外皮小火慢熬，制成晶莹剔透的枇杷果酱。枇杷叶晾干后，搓掉叶片背面的茸毛，可以入药，能止咳润肺，加上川贝以及蜂蜜等，做成可以长久保存的枇杷膏，有润肺化痰的功效。枇杷花，可烘焙制成花茶，有润喉生津、化痰止咳之功效。

隐藏在枇杷香甜美味里的文化意蕴也值得回味。"庭有枇杷树，吾妻死之年所手植也，今已亭亭如盖矣。"明代归有光《项脊轩志》里的最后一句最为质朴动人，蕴含着刻骨铭心的相思。斯人已逝。那棵庭中的枇杷树长得枝繁叶茂，她当年的音容笑貌就像这棵树一样，将根深深地扎在了他的心里。

枇杷树仿佛天生承载着思念和乡情，也许是枇杷果的甜味，也许是枇杷叶的枯萎。也许是国画里俏皮可爱的几颗散落在旁的黄果儿，让人想起了儿时吃枇杷那年的晚风和那份淡淡的乡愁。

近些年，上凤村依托枇杷采摘游、土特产展销等活动，打造"上凤枇杷"品牌，连续举办枇杷节，吸引了大批的游客。当前，上凤已经成为屿头柔川国家 AAAA 级景区的重要节点，与沙滩村联动，延长文旅产业链条，推动乡村经济多元化发展，带动屿头美丽乡村建设穿点成线。

上凤村的枇杷采摘园里，一棵棵枇杷树枝繁叶茂，金灿灿的枇杷缀满枝头，藏在丛丛绿叶之间，发出甜蜜的邀约。游客在枇杷林间来回穿梭，细心挑选，品尝新鲜的枇杷，在阳光下与大自然亲近接触，体验采摘的乐趣。摘尽枇杷一树金，舌尖上的酸甜令人回味无穷。初夏时节，趁着天气晴好，与家人好友前往采摘，是一趟甜蜜的上凤体验。

在上垟与黄精相遇

符　建

太阳之草，要九蒸九晒
才能掏空他多余的内容
春天，一个明媚的动词
在其色泽，在其高亢

一条溪流拖着山景
跟着三月的春风远游
或安静，或喧哗，随性
如黄精生长充满不确定

去往山谷，山顶竹影移动
绵绵的絮语悠悠漾溢
一代代人打磨，滑翔伞
基地轻轻歇在白云的额头

钢制铁架绽放出柔光
自动喷淋，软管托住光影
缓缓飞回土地，一片片
共富就在这方寸之间

湖里桃源　美丽上垟

黄　伟

上垟村，地处长潭水库西南，为浙江省台州市黄岩区上垟乡政府所在地，由上垟、前岸、莆田、下堂山4个村合并而成，现有人口2535人。上垟村历史文化悠久，风光秀丽，人文荟萃，是黄岩西部一处比较有名的历史文化村落。

上垟，史称"上阳"，据《上阳吴氏宗谱》载："浙江台州府黄岩县来远乡浮山里，去县治七十里。古名松溪，地名上阳，其景有八，曰：松溪春水、西湖秋月、南野晓耕、狮山旭日、蓝田种玉、岩头独钓、卧旗舞翠、谷屿云屏。东接委羽，南连雁荡，西北通乎台仙，是为上阳。"松川八景又称上阳八景，概括描写了上垟山川秀丽，人文蔚然。

关于上垟吴氏世族

据《浙江省黄岩县地名志》载："莆田村，村民祖先由福建莆田县迁入，故名。"福建莆田吴宗源因为文才出众典教台州，与当时台州训导章君一起在台州府任职，两人交好，章君将女儿嫁给吴宗源儿子吴观志。章君家在黄岩西部来远乡，吴观志跟从过来入赘居住。

吴观志的后人、时任江西武宁教谕吴靖孙儿子吴瑞，在吴洋无所依靠，投奔上阳他父亲故交钱氏，并入赘钱家，成为上垟吴氏始祖。从此，上阳吴氏宗族繁衍兴旺。后人吴致谦曾写有《过吴洋旧居有感》七绝一首："上垟支派出吴洋，一过吴洋一断肠。野外旧居吴氏业，墓旁春草牧牛羊。"

山弯路转见蓝田

莆田村，又叫蓝田村，位于原上垟村隔壁村。位于莆田庙门口的对联"一曲溪流澄绿水，山弯路转见蓝田"，准确概括了村居所在地特色。这里偏处山村，村前有一片田垟适合耕种，前谷堆山、后有插剑峰，人称"前有谷堆，后有宝剑"。

清康熙二十八年（1689），上垟吴氏后裔吴清守卜居蓝田，是莆田吴氏"大房蓝田四分派"始祖。道光年间，吴东晨在旧居旁兴建新宅院"蓝田上台门"。门联内容横批：云门攉秀；上联：干局焕云霞，祥征五色；下联：鸿图开锦绣，瑞接三台。上联中的"干局"两字相对来说难理解，实指办事的才干和气度。下联中的"三台"，对仗上联中的"五色"，指古代天子拥有的灵台、时台、囿台，合称"三台"。《初学记》卷二四引汉代许慎《五经异义》："天子有三台，灵台以观天文，时台以观四时施化，囿台以观鸟兽鱼鳖。"

清末民国期间，蓝田吴氏家族中出了一位辛亥革命志士、爱国抗日将领，他就是民国陆军中将吴冠周。吴冠周，名全武，字继文，榜名斌，又名文斌，号冠周，光绪十一年（1885）出生，父亲吴瑞生。吴冠周幼年失怙，由慈母卢太淑人抚养成人。光绪三十一年（1905），吴冠周在学校接触到秋瑾的革命思想，经秋瑾介绍参加光复会。先后参加1911年的光复杭州战役，以及浙军光复江宁（南京）战役，回部队后到浙一师任职。

1925年1月，吴冠周出任黄埔军校第3期炮兵科中校教官。1926年调升军校第5期炮兵科上校科长，1927年10月调升第13军副官处少将处长。1937年全面抗日战争爆发后，他先后任职军事委员会上海战事督察专员，苏沪师管区司令。上海撤退后，1938年他带领部队到湖南，任长岳师管区，积极募兵和培训抗日官兵，成绩显著。1942年，他晋升中将。在抗日战争胜利前离开军界，退役回到老家黄岩。1951年3月逝世，享年67岁。

值得一提的是，在华东师范大学出版社出版发行《可爱的黄岩》一书《和平解放黄岩城》章节第61页中载有蓝田上台门人吴锦纶参加黄岩和平解放一事，值得称道。

白鹭湾湿地公园

上垟溪两侧田畴宽阔，有耕地近千亩，村民以种植水稻为主。2017年上垟村曾引进蓝莓种植合作社两家，种植蓝莓达几百亩，是一处精品水果基地。这里连续几年成为网红打卡地，游客"来上垟蓝莓基地摘蓝莓，到前岸白鹭湾湿地公园赏格桑花"一日游农文旅项目，让人记忆犹新。

2016年，著名油画家王克举师生团队在上垟前岸村开展为期半个月的写生活动，前岸村的美丽风光得以完美呈现。上垟前岸白鹭湾湿地公园名声在外，它的名称来源于这里优美的生态环境，是白鹭栖息的天然乐园。

白鹭湾湿地公园由于长潭湖小气候，这里的水杉生长丰茂，美轮美奂。各级各类媒体曾多次予以报道，后来甚至上了央视新闻。国内著名篆刻艺术家蔡毅先生一览上垟前岸白鹭湾湿地公园的红树林后，即兴捉刀刻了一方"美丽上垟"印章予以留念。

初夏时分，外面的空地上，几十亩五彩斑斓的格桑花和百日草盛开，在沙洲上、汀沚旁、树荫下到处是格桑花的身影，吸引了不知多少山外游客前来观光游览。红男绿女驱车而来，慕名到这里撒欢，因为格桑花而渐渐传出"台州小西藏"的美名。因为白鹭湾湿地公园的格桑花和红杉林，上垟前岸才增设了停车场，完善配套设施，为外地游客服务。勤劳的村民陆续开始在这里售卖农产品，更有村民在房前的空地上搭台为游客提供中餐，游客多时达到十几桌，车子停满停车场和道路两侧，需要村民维护秩序才得以通行。

蓬勃发展的上垟村

2023年，上垟村建成250亩"飞垟稻田"田园综合体项目，通过发展绿色生态稻米产业、引进网红小火车、举办稻田文化节、销售精加工农产品等，为当地村民增加农文旅融合产业收入。2023年，黄岩区农业农村局和上垟乡在上垟、沈岙两个村开建集游览观光、森林休闲、康体健身、生态保护、科普教育于一体的省级森林公园。

2024 年 5 月 23 日，正是白鹭湾湿地公园 40 亩格桑花盛开时节，我在下方村政协协商驿站见到会场的白瓷杯上印有"湖里桃源"字样，上方有蔡毅老师刻的"美丽上垟"篆章，深感分外亲切，不由心生感叹。

"湖里桃源、美丽上垟"——是景语，更是心语！

那里的蓝天叫我辨认出了远方

王嫦青

一场惊慌的小雨，带回了与我失散多年的乡村记忆

怯于认领臂上的胎记和内心翻腾的悸动

天空行走的白云

似曾相识

鞋子湿透。我却欣喜那些足迹或许已被收藏

一块木质的地标上写着：上郑村

我和伞的影子都留在水花里

小心翼翼地，我捧着一丛茼蒿花湿漉漉的影子

不敢呼吸。叫我疼惜的检索，正翻山越岭

从潜意识的深海里一一赶来

一座朴素的桥，收留了

汹涌的意念，了无挂碍

这里的月季花闪动着别样的光

青山与青山如此相近

风声喜欢临溪水而居

它的倒影里，草木回到前世

清风常年保持着和蔼的微笑

石板路面的街，在时间里裂变——

前街和后街，分别长出许多飘渺的故事

将军府高耸的马头墙

听了一个世纪的风雨声，参透了悲喜
河水，清澈无比，像梦一样晶莹
蒸腾的水汽里带着不染浊污的清香
自下而上，欢歌远去
向外无限延展的蓝天，叫我辨认出了远方

钟灵毓秀上郑村

张　良

　　上郑，是一个"望得见山、看得见水、记得住乡愁"的地方。其村落地处黄岩西部的大山深处，四面犬牙状的山峦犹如翠绿屏障，将上郑村紧紧环绕，仿佛要将它悄悄地掩藏、遮蔽起来。永宁江之源的黄岩溪流经此地则变得平坦而宽阔，冲刷出来的溪谷地形成一片狭长的微型盆地，自古先民于此沿溪而居，生息繁衍。上郑村上街头的菜园里曾发现石铲等新石器晚期的遗物，说明至少三四千年之前就有先民居此刀耕火种。

1

　　一方宝地，苍溪水秀，奇峰幽谷，松柏参天，翠竹成林。这里四处皆景，狮障坐西，龟屏于东，南悬瀑布，北峙响岩，是为上郑胜景。历代文人墨客对于黄岩溪流域上郑及宁溪一带的山水称赞有加，宋代状元临海王会龙盛赞："嘉山水也，台之奇观萃于斯矣。"宋代学者洪家葛绍体也赞为："比似雁山多秀发，丰稜那复让天台。"

　　"山环水抱清和地，九世遗风耕读延。嵘狮西峙睨龟屿，鸣瀑南悬唤响岩。金潭竹影潜鳜鳖，绿渚沙浮植桑棉。劲柏凌霄不屈已，长傍古朴荫庭前。"早年，上郑村乡贤陈荣楫所作《忆老家风景》诗里描述概括的景致，至今身在村内便举目可见，那确是真实的写照。健康舒适的居住环境多与大自然的和谐相融，上郑的村民生活在"开门望山色，推窗闻溪声"的诗意景致之中。

　　青山隐隐之下，青瓦灰墙描摹着深浅浓浓的历史故事。上郑村为上郑乡的驻地，村庄繁盛时期人口逾千，村民有陈、郑、曾、王、毛等姓氏，但主要为郑和陈两大姓氏。郑姓是在明代从永嘉迁入，陈姓是在清代初期从景宁迁入。郑、陈两姓先人于狮峰象鼻之环的一方风水宝地，开垦山地，耕作置业，繁衍子孙，演绎着数代人的恩恩怨怨，这里便是中国村庄生存的一个缩影。生于斯、长于斯的著名作家郑九蝉先生于20世纪80年代写过陈郑两家恩怨情仇的小说《浑河》，曾获浙江省优秀文学作品奖。

2

上郑村仅有街道两条，称作前街和后街，均为东西走向。原本民居的建筑材料以砖木、青瓦和鹅卵石为主，虽不奢华，但实用而美观。在交通、物流不发达的以往，建材大多就地取材。砌墙、铺路用的都是溪流里的鹅卵石。一块块滚圆青灰的卵石有致排列、垒砌，从地面延伸到墙头，浑然天成，房子就像是地里长出来的那样。的确，美的建筑是从地里"长"出来的，与环境完美融合，而不是"天外来客"。

昔时的古巷古宅，小桥流水自是一幅迷人的乡土画卷。在现代化乡村建设的进程下，上郑的老建筑已然不多，仅留有4幢晚清民国时期的古民居。老街中段北侧的一处高墙深院，是原民国陆军中将陈苍正三兄弟的宅院。二层木结构的房子主体倒不是特别气派，而其高大的台门和围墙则彰显着古老宅子的大气和威严。五米多高的围墙由鹅卵石垒砌。台门则是中西合璧的民国风，整体为巴洛克风格，上罩椭圆形大门罩，其中有一圆形灰雕图案。刻画内容为读书的场景，一书生端坐读书，桌上放满了书卷。大门罩背面则是一幅满雕的《圯桥进履》图画。也许是宅院太大，太长，在同一道墙面的东侧另外开有第二道台门，上有"竹苞松茂"的匾额。台门上的文字内容和灰雕图案与主人的身份相符，喻示着家族前人祖先"耕读传家，诗书继世"的理念。

后街东段的南面是陈荣楫所建的居所，被称作将军府，曾被用作上郑乡政府的办公场所。这是一处体量巨大的宅院，其建筑样貌为建有宽阔回字形走廊的四合院——"跑马楼"，可惜的是大部分主体被现代的水泥砖头房子取代，仅剩下高大的围墙和台门。

上郑陈氏是黄岩西乡名门望族。最为陈氏族人引以为傲的是身为中将的陈荣楣。1939年，为了扭转山西抗日战局，陈荣楣任首席高级联络参谋，受命率行营参谋人员赴太行山八路军总部与左权副参谋长商议作战计划，协调各军。国共军队苦战半年，终于扭转山西危局。其间，陈荣楣与朱德终日相聚，受到教诲。陈荣楣的考察报告完整地收藏在中国第二历史档案馆，他在报告中以其在华北耳闻目睹的现实，承认"八路军抗日积极，设施英明"。1940年，就任中央军军令部三厅高参的陈荣楣中将派驻云南河口，主持炸毁红河铁桥，以断日寇自滇入侵之路。仅凭这两件战绩，学者评论其在抗日战争中发挥了重要作用。

1942年2月，鉴于国共两党摩擦日深，陈荣楣辞去职务，返回故乡。1949年5月，他参与策划黄岩解放。陈荣楣的一生充满了变化与挑战，他的传奇和贡献给大山深处的上郑村留下了深刻的印记。

3

过去，上郑村两山夹一溪，因为先天不足，一度被人视为"穷山恶水"之地。"黄岩溪人三件宝，萌菜糯茅洋草；松树柴头当棉袄，番薯干汤吃到老"——当地流传着一首古老直白的歌谣，便是上郑先民"吃不饱，穿不暖"的真实写照。如今，萌菜却成了村落附近民宿、农家乐抢手的一道"名菜"。日子好了，就连又涩又苦的萌菜竟也"甜蜜"起来。

小气候环境独特、生态优良的上郑还是野花的世界、蜜蜂的天堂。那真是一派蜂蝶飞舞、野花烂漫的美好景象。依托丰富的自然资源，上郑村民还发展中药材、食用菌等一系列特色产业，推动乡村振兴。

圣堂·摘星

燕越柠

我们在圣堂村打捞星星
现在暮色深沉。看天空徐徐打开如深蓝碗底
那些目光不能抵达的，在凸透镜的寻找中
仿佛近在咫尺。星星只是睡着了
待它醒过来，就会对着我们说：
这渺小的人间，再来一遍
还有一些，爬到被冬青水杉描绘的碗沿上
藏进尚未被照亮的墨绿色叶片
仿佛随时会滴落下来

黄岩"三源"之村圣堂

张广星

 黄岩西乡上郑的圣堂村,号称黄岩"三源"之地。何谓三源?一为黄岩人的母亲河永宁江的上游黄岩溪之源头;二为黄岩的历史文化之源,历史上黄岩县的地名正来自圣堂黄岩山上之黄岩石和黄岩溪上的黄岩石,是先有黄岩石,然后才有黄岩县而不是相反;三为黄岩革命之源,黄岩溪旁的圣堂殿是1948年中国人民解放军浙东"铁流"部队和浙南"三五支队"的会师地。这次会师,为黄岩第二年的和平解放打下了基础。

 说圣堂是黄岩溪的源头,其来有自。一是因为黄岩溪分南北两支溪流,都是从莽莽苍苍的括苍群山上流下来的,而在圣堂殿附近南北两溪汇合。二是因为圣堂村在乡镇撤并之前,就是圣堂乡政府的驻地,所以圣堂村再往西部去的村庄都是原圣堂乡的属地。说圣堂是永宁江的源头本没有错,但那是指圣堂乡,而非现在乡的建制被撤以后的圣堂村。但人们已经说惯了"永宁源"或"黄岩溪源",也就相沿成习,在圣堂村的村民来说,这种说法恰好也满足了他们的自尊心,尤其是在现在乡村文旅建设的时代,有一种鼓舞人心的说法加持,总之是好事,但这一说法也引起了邻村的争议。而永宁江源头流经圣堂,而且就此成为一条宽阔的大河奔腾,这也是事实。

 最让圣堂村人感到自豪的,是圣堂村拥有黄岩县名所以命名的来历资源,就是黄岩山上的黄岩石和黄岩溪中的黄岩石。但标准答案只能是一个。关于黄岩县名的由来,黄岩文史界争论了几十年,至今还没有定论。黄岩石这块巨石牢牢地嵌入溪床中,它的身体到底有多大,谁都说不清。只说它露出溪床的部分,就很宽广,太阳底下呈白色,但天阴的日子,或者天晴的日子而给岩石的表面泼上水，巨石就显现出黄色来，金黄一片，人以为奇。更神奇的传说，是被水泼过之后，岩皮上会显现繁复的皱痕，这些皱痕就是笔画，顺着这些笔画辨认，就可以认出，它们是两个字：繁体的"黄岩"。后来我读乡土文史资料，说自古以来，这"黄石枕流"就是黄岩很有名的一景，历来都有不少人颂诗以歌之。

但更多的黄岩文史学者更相信黄岩县名来历的另一个传说：黄岩山上的黄岩石。这块黄岩石也有些神奇。它是一块兀立于一片陡坡（悬崖）之上的巨石，巨石的顶部平坦，上面也有纵横交错的刻纹，看上去很像象棋的棋盘，所以很久很久以前，这里就有"着棋岩"的民间故事流传。它跟流传在衢州的烂柯山故事如出一辙。着棋岩和王方平遇仙和成仙的传说，给圣堂山水和黄岩历史由来，更增加了迷离惝恍的神话色彩。

圣堂村也是革命老区村，包括圣堂村在内的黄岩、仙居、临海、永嘉毗邻的括苍群山，掩护了中共地下党和所领导的人民武装的革命斗争。20世纪90年代，黄岩区在两军会师地圣堂殿开辟了革命历史陈列室，21世纪初，当地政府又在圣堂殿的不远处，南北两条黄岩溪交汇处的溪边，新建了两军会师纪念馆。纪念馆也是台州市和黄岩区两级的爱国主义教育基地。

但是，圣堂村丰富的山水和历史文化资源，远不是"三源"之说可以概括的。就说这座圣堂殿吧，就很有来头。据现任黄岩政协秘书长、曾任黄岩区文旅局局长、早先出身于《黄岩报》记者的作家张良先生的考证，被列入国家非物质文化遗产的台州葭沚"六月六"送大暑船的民俗，就来自圣堂殿。张良说，台州沿海各地流行着多种版本的"五瘟大神"的传说和民俗，而黄岩则有"五圣"传说源于圣堂的较早文献记录，清光绪年间编的《黄岩县志》就有"立庙，封五圣侯王"记载。至今，五圣的故事还在黄岩和台州湾畔流传，圣堂村的圣堂殿和邻村坑口的大王庙、黄岩茅畲、椒江东门岭、葭沚的五圣庙，都还供奉着五圣，护佑渔民鱼丰人安。

圣堂还是个人杰地灵的地方，黄岩历史上最早的进士之一王所就是圣堂村所属的宁溪古镇人，死后就葬在圣堂殿对面的南峰山上，至今王所墓仍在。

台州大儒黄超然在王所墓前题："宋进士，元逸民。"圣堂一带，乃至于整片黄岩西乡，历代文风鼎盛，王所的开创之功不可没。

圣堂的青山绿水处于括苍群山深处，高峰耸峙，云雾缭绕；溪水环流，缓急有时，乃洞天福地，是人间仙境。难怪五圣兄弟择居到此，王氏方平又在此修炼成仙。现在的圣堂村，更是"弥望皆绿也"，自 2019 年圣堂村入选第一批国家森林乡村名单，2020 年 12 月，又被命名为 2020 年浙江省 3A 级景区村庄。

卓越的自然禀赋，深厚的人文底蕴，让年轻一代的村班子思绪飞扬，他们整治村庄，使村容村貌焕然一新。他们爱护祖先传下来的古屋和古树，修旧如旧使古屋新生，建古树公园使古树重新枝繁叶茂。他们引外来投资，建黄岩山公园，又建星光公园，使游人能有机会仰望苍穹，与星星对话。

黄岩溪中原有一座廊桥，年深日久已经朽坏，村里请来泰顺廊桥修筑大师，北移一百多米重建，新建的廊桥更长了，也更高了，结构更繁复了，巍巍乎壮哉！如此规模复杂的廊桥没有用一颗铁钉，全用榫卯结构，创造了廊桥建筑史上的又一奇迹，被誉为"世界第三廊桥"，现在廊桥已经成了新网红打卡地。

双浦变奏曲

章文花

2004 年，台风"云娜"席卷了村庄
担惊受怕的黑夜过后，满目疮痍
哀伤的脸孔，忧愁的目光！
像一片片被"云娜"撕扯掉的树叶
无声地飘在空中

努力生产自救，重建家园

全村干部群众迅速行动，弯腰清扫断垣残壁的
身影，起伏成一种姿势！
嫩绿的表情像春天新发的芽

两天内建起容纳 50 户的临时安置房
一周内办好新建住房手续

废墟和岩石上也能长出绿意和向上伸展的花朵
心中的信念，无限汲取大地的力量

20 年来，真抓实干
永高集团新厂区落地双浦；翻修出租村集体厂房

甬台温铁路、台金铁路、东官河综合整治等一批重大项目

落户双浦。村集体经济逢雨化春，村民收入像春笋节节攀升……

2019 年，"双浦村"改为"双浦社区"

洋房林立，道路整洁

浙江省善治示范村

浙江省森林村庄

浙江省卫生村庄

……

一份份荣誉

是干群合力奏出的时代强音

双浦汇流　上善治水

彭旭华

江南水乡，水网纵横，许多地方因水得名。

早些年出黄岩城东并行着两条著名的水系，一浑一淡，一条是温黄平原的母亲河——每日潮涨潮落的永宁江，另一条平行的是自西向东伸展在椒江南岸区域灌溉、排涝、航运的东官河。千百年来，它们曾是这片富饶沃土的主要生活水源。

东官河西起古黄城南门，南面有如今台州绿心的方山山脉数支溪流注入，并有数处与永宁江相连接，构成纵横交织的水网，至东出黄城六七里处，修筑了多座限水的小型工程如仙浦闸、蛟龙闸、永裕闸等，因为东官河从山下郎汉口有支流永裕河流经，形成两条小浦，因而得名"双浦"。

古人云：水源枝注江海边曰浦。水浜为浦，围堤成埭，开启有闸，因而许多地名都带上水乡的色彩，如"埭水""闸后""外东浦"等。

浦在古诗文中有着极富诗情画意的场景，往往联想到雎鸟栖息，白露蒹葭。古人往往会在此送别，孤舟帆影，伊人伫立，饱含离情别绪、时光悠悠、物华流逝，因此也留下许多流传千古的名篇。

此处也记载有一首清人的《咏仙浦闸》：横桥一带簇烟林，旧迹仙人渡口深；合浦有珠寒莫御，不如沙水漾成金。这首诗倒是有隐逸、宁静的韵味，浦水悠然，夕阳辉映，金波荡漾。

美丽的风景是几代甚至几十代人努力追求得来的，治水一直伴随着几千年来人与自然共存和发展的过程，如从远古的大禹治水到当代的五水共治等。这里在南宋时曾是一代大家朱文公的工作打卡点。任职浙东路常平茶盐公事的朱熹在这块平原上兴修水利，共建有陡门、蛟龙、回浦、金清、长浦、鲍步六闸，排涝泄洪，抵御咸潮。

朱熹在上书朝廷的《黄岩兴修水利奏章》中道："黄岩熟，则台州可无饥馑之苦，其为利害非轻。"依我的有限考证，常平公事应为朝廷直接任命的赈灾专员，相当于省一级，即负责民政、水利等方面的厅官。陡门、蛟龙二闸就在此地，其他四个闸分别影响着现在临海东部、路桥、温岭一带的农业，温岭在明成化前还隶属于黄岩。朱熹建六闸中此处有其二，说明这里曾是重要的商品粮基地，浙东这大片平原的核心所在。

村民中流传着这样一个传说，古时候有两个村民入山，在方山滴滴岩看二位仙人下棋，痴迷其间，待棋局结束后回到村子里，发现父母妻儿等家人均已离世，满村的陌生面孔，顿感亲人隔世、悲伤欲绝，遂双双跳入浦水之中，故有"仙浦"之地名，也有后人因此留下"仙人渡口空遗恨"的诗文。这类故事有不同版本的演绎，侧面反映了棋类等文化活动一直存在于在此栖息生存的人们当中，也折射了纯朴的人们对生活的想象和追求亲情的价值取向。

时光的指针转到 2004 年，还是和水有关。"云娜"台风肆虐，风如拔山怒，雨如决河倾，百年之难遇的风暴，双浦多面临水，现存的小水利构筑、许多老旧民居建筑不堪重负，全村受灾严重，一片疮痍，数处民房倒塌，五人丧生。村民们开展生产自救，迅速恢复生产，重建幸福双浦。

而今，东官河疏浚治理，永宁江新闸矗立，河晏水清。新的双浦社区整村改造，全社区 1500 人，家家户户住进了整齐划一的楼房。发展经济引进大型现代化企业入驻，成了著名的上市企业公元股份的总部和主要生产基地，巧合的是公元股份也是有着水利、地下管廊、海绵城市概念的国内大型给排水管材生产企业。现在的双浦北有永宁江科创经济带，城市快速路与省道穿境，铁路与城市轻轨纵横。

古村嬗变，站在朱砂桥的桥头，南眺丫髻岩，东官河与永裕河于此汇融，虽没有看见永裕河上的古闸，也没有津浦悠悠的怀古情思，只见岸草茂盛，河流清澈，晴空白云。浦水静流，见证着这片土地的变迁和兴衰。

"上善治水，水利万物而有静。"上善是极高的德行，伟大的劳动人民在治水中改变着与自然和谐共存的历史进程，触摸不同时代的脉络，用智慧与行动谱写共同的未来。

炭场头·炼火

戴媛媛

在古老岁月里
火是可以被炼出来的
山民烧木成炭
星星点点，明灭之间
猛烈地迸发
木火，滚烫奔涌而出

黑黝黝的木炭
顺着竹筏来到此处
被选定的村庄
便成了集市
炭场头
交换温暖幸福的地方

山民将火传递给村民
驱散寒冷的夜里
工匠在老屋细细镌刻
梁上绘制火红云纹
天德堂中至今可见
传承着炼火祈福的心愿

青花瓷如明镜，装点花盆
深深黑夜里屋脊上
燃烧，汹涌的庞大火焰
石雕张扬肆意
朝天空发射神秘图腾
双翼朱红的凤鸟在村庄上盘旋

曾经炭场今何在

叶晨曦

从黄城一路往西，过长潭水库，入宁川。在一个并不端正的十字路口，往右便是炭场头。它安静地卧在群山怀抱中，草青青，水清清，风轻轻，老宅不知年岁，伴着村民们从朝到暮。而村民们就在自己的小山村里，过着属于自己的小日子，安居亦乐业。

炭场头，顾名思义，和炭有关。炭，烧木余也。古时烧木炭也称"炼火"，这是一种古老的烧制技艺，经过数千年的传承，走到了今天。在这个村庄里，以村名的形式，让更多人铭记。

过去，木炭是生活的必需品，特别是对于山区的人们来说，更是靠山吃山、靠水吃水。对他们来说，木炭不仅仅是用来生活的，更是可以用来交易的，是他们的经济来源。那时交通也没有那么发达，运输多靠水运。而在更远些的富山、上郑、宁溪的村民想要把木炭卖到外面去，就要经过这里。久而久之，这个靠近水边的村庄，就成了木炭交易的集散地，渐渐形成了市场。竹筏载着一筐筐木炭，也载着村民们的生活，从这里的埠头出发，沿着江水顺流而下，销往黄岩城里，销往邻县各地。这个村庄，也因此得名炭场头。时至今天，村里已不见炭场，但那些过往都被村民记在了心里。

这个小山村，面积 1.8 平方千米，其中耕地 29.3 公顷，林地 30.2 公顷，是个半山区。村里还有 4 个自然村，炭场头、三亩田、后山、水碓头，现有村民 307 户、997 人。

村民虽少，但不妨碍他们追求美好娴静的生活。走在村里，抬头便可见不远处青山连绵起伏。田野里，玉米、萝卜、南瓜……各种蔬菜水果一丘一丘地在暖阳下生长着。发芽、长叶、开花、结果，不同的种子，不同的季节，结出不同的果实。这个小山村里，从不缺应季的农作物，是村民们日复一日的辛勤劳作和朴实无华的土壤结出的一筐又一筐果实。

田野边，长廊长长，遮着一片阴凉，是夏日里乘凉避暑的港湾，也是夜里家长里短的场子。有村民靠着栏杆健身，一伸手，一抬腿，一懒腰，都是轻轻流转的日子在这个小山村里慢慢行走。日子在这里，是轻轻的，是慢慢的，不急不躁，比山外的世界美好了几分。闲来便到这里聊个天吧，长廊深深，故事深深，讲不尽的小镇故事，诉不完的千年深情，是村民们对这个古镇、对这个小山村一片缱绻，依依流连。

若是冬日，那便往里走几步吧。一个青砖黛瓦的地方，小小的，圆圆的，高高的，以铜钱纹为孔，可避风雨，又能透气，谁能猜到这是做什么呢？是烤火堆的地方啊！村民们聚集在这里，在严寒里，烧几块木柴，延续那千年来火堆旁的故事。相约、烤火、取暖，燃烧的木柴发出噼里啪啦的声音，便是山村冬日里温暖的曲调。

边上，一座老宅就静静地看着村民们日出而作、日落而息，看着村民们你来我往地走出小山村，又回到了这里，看着这个小山村一路从古代走到现在、从喧嚣走向宁静。它是天德堂，是一座清朝时期所建的四合院，砖木结构，2013 年被列为区级文物保护单位。

说它是朝南而建的，它的台门却是朝东的。台门看上去像个"八"字，一副懒洋洋又舒适的样子。台门前，门联已在历史的长河中模糊不清，只隐约可见零星的几个字。白漆掉落了些许，纹路却留下了不少。不见全貌，虽是遗憾，却也能想象其昔年的精雕细刻。飞檐如飞鸟站立，却又似乎是将翅膀收了起来伸了个懒腰，一切都是慵懒的样子。

从台门进去，往左走，绕过外墙转角，再经过小边门，这才真正地进入了大院。往前看去，中堂的屋面正脊上砌筑了一个青花盆，细一看，是一条鱼在嬉戏，又像是有无数的海鸥在飞翔。青花青，鱼肚白，青白相间，老宅的色彩画进一个个住在这里、走进这里、路过这里的人的心里。

老宅没有被冷落，而是充满了生活的气息，红色的对联贴在窗边、廊柱上，一妇女正在廊檐下做着手工艺品。飞檐斗拱处，雕梁画栋间，一片片祥云、一幅幅栩栩如生的雕刻画，都在给我们讲述着这座老宅昔日的辉煌。

楼梯已旧，一脚踩上去，发出"咿呀咿呀"的声音，在小山村里是那么寻常，又那么悦耳。竖起的木栅栏，是那么不起眼，可把它放下时，又是怎么样的一种安全？在曾经那些动乱的日子里，若遇到强盗或者山贼，它是一道"防盗门"，阻拦外面的危险，守护一家人的安全。

从小边门走出天德堂，屋外两边溪水潺潺，正是过去小山村家家户户开门见水的画面。两旁民居，房前屋后都种满了各色花花草草，红的白的，叫得出名字的叫不出名字的。也许，连主人家都不知道这花叫什么，只知道好看。这又有什么关系呢？只要是美好，就是令人欢喜的。

在炭场头，我未寻见炭场的痕迹，却仿佛看到了昔日炭场的熙熙攘攘。想起炭场头也曾为幸福乡快乐社、幸福公社炭场头大队、幸福乡炭场头村，这个小山村，是将幸福和快乐刻在骨子里的。门前养花、田里种菜，夏日乘凉、冬日烤火，时间在这个小山村里走得特别慢、特别慢，村民们生活在这个小山村里，更是怡然而自得。

一颗星星经过桐树坑

柯健君

一颗星星经过桐树坑时
天还没有亮
茅棚里的灯火还在燃烧
牛已去山坡吃草
四周安静如昨，溪水流逝如昨

一颗星星，看着这里的山山水水
心里一定在思忖，是否
应该成为桐树坑的一块岩石
或一滴水珠
或仅仅是，在滑落的瞬间闪亮一回
也是快乐的

在十八潭的山岩上
镂刻着红军坚毅的脸像
流水常年清洗着坚定的眼眸
那里，是给星星留的位置

而我经过桐树坑时
天已亮，绿水倒映着邻家小妹的容颜

青山唱起布谷鸟的歌谣

有一阵风徘徊了很久

不肯离去

划过一颗星星，又吹入

一颗星星

直至漫漫星火，照亮山头海角

桐树坑村的模样

林海燕

上山的公路有无数道弯，盘旋着把我们带到了"坑"里——海拔 400 余米，四面环山的桐树坑。你以为这只是个黄岩普通的深山老村吗？不是的。它可是 1941 年 10 月至 1942 年 11 月中共台属特委机关的驻地，也是抗日战争和解放战争时期台州的革命根据地之一。

机关旧址纪念馆里的图片和实物等史料拼接出该村的旧模样：革命工作者一双双坚毅的眼神，群众为特委机关领导提供食宿的老房子和房内极其简陋的摆设，特委干部当年使用过的枪炮、木脸盆木水瓢，充饥用的干红薯丝，照明用的油壶，取暖用的木柴，穿过的粗布长衫等。

据史料记载，当时只有 51 户人家的小山村，战争年代有 18 名党员和群众先后参加游击队，投身于人民解放事业，有的还献出了宝贵的生命。皖南事变后，黄岩县委遭到破坏，全县绝大部分党组织停止活动，而于 1938 年抗战初期建立的桐树坑党组织，依然继续坚持斗争，直到 1949 年 5 月黄岩解放，11 年红旗不倒。

正是由于当年的党支部点燃了革命的火种，并且长久地传播，如今的桐树坑村长成了红色旅游村庄的新模样：纪念碑、陈列馆、星火广场、纪念亭和红色走廊等建筑，是它的高昂头颅与坚强骨骼。作为黄岩区平田乡的会议中心，桐树坑村大会堂为乡里重要大会、党员会议，以及外来的干部、学生开展爱国主义思想教育提供场地。会堂内巨大圆形顶灯是党旗图案，主席台背景是五星红旗图案。它承载着红色文化的历史，拥有一种和它内在的桐树坑精神相匹配的厚重味道。

4月底的一天，乡工作人员带我一起走上特委机关原旧址所在地三条坑，他们半个月后准备举办一次党建活动。山路两旁每隔一段设有党的各项纪律知识教育宣传栏，以及在革命年代严守党的纪律的诸多光辉典范形象介绍。活动要求参与者在登山打卡的同时，还要准确回答每个宣传栏中列出的题目。这将是一次"不忘初心"之旅，乡里为磨炼后来人担当大任，既劳其筋骨，又苦其心志。

　　山路上少有人走，暮春时节，需捡根树枝撩开蜘蛛网，顺便打草惊蛇。潮湿的路面上掉落的树叶满是窟窿——山林已成毛毛虫的极乐世界，很多虫子吐丝倒挂并翻卷着。

　　遥想当年，特委领导干部在形势紧张时隐蔽三条坑的茅棚之中，任血肉之躯遭天灾侵袭和毒虫叮咬，更要随时面对国民党反动派多次"围剿"带来的血雨腥风。但他们却乐观地把茅棚称为"公馆"。重走三条坑，如今的蜘蛛网和毛毛虫当道，比起早年山区更加原始和危机四伏的状态，真的不算什么。毕竟，和平的阳光透过高处的树缝洒落。

　　2024台州市第十三届体育旅游休闲季黄岩站暨环浙步道体验赛在桐树坑村广场开幕，平日安静的广场一下子变得拥挤和热闹起来。大巴车、无人机、红衣红帽的户外运动爱好者，为老村庄增添了新活力。坐我边上的一位大爷，把他的百岁老母也带过来了。他说母亲当年为隐蔽在山上的特委干部送过饭菜，父亲在游击队的"三五"支队当过兵，93岁时去世。

　　开场节目是舞蹈《十送红军》，熟悉的歌曲响起，但台下这位坐在轮椅里的102岁的老太太已经耳聋听不见了。我想象着她在如花妙龄时，粗布衣里兜着送饭的竹筒，脚步轻快地奔走在山林中，灵敏的耳朵警惕地倾听着周围的动静。眼前这位沉默不语的老人，对革命也作出过无私奉献啊。有几滴细雨打在我脸上，我的眼睛同时潮湿。

　　比赛正式开始，游步道上的选手从桐树坑村广场向浙东十八潭方向前行，走在当年浙东游击队和浙南游击队的联络走廊上。战争年代的前辈们在未经改造的山村泥路上为革命事业奔波，据说当时的联络员到三门或临海，

130 里路都是当天来回。如今，黄岩段的环浙步道与乐清接壤，浙东十八潭与雁荡山国家森林公园相邻，是体育爱好者和旅游达人喜欢的原生态景区。当年作为战斗堡垒的高山密林，现在已经和外面的世界广泛连接。

步道边的农家餐馆老板娘捧出锅里蒸好的一盘猪头肉，她说两间四层新楼房是前几年家人们外出种西瓜赚的钱盖起来的。四位客人围坐在一起，大碗喝酒，大口吃肉。他们都是村里的泥瓦工，酒后吐出一句句原汁原味的土话真言：

"你从黄岩城里来？我儿在黄岩上班，去年叫我到他那里住几天，我住不惯，逛了九峰公园和永宁公园就回来了，还是我们村里空气好，车子一开上乡里山路，头脑随即新鲜了一大截。"

"你猜我们的包工头几岁了？他已经有孙媳妇了啊，气力还好得猛！"

"2001 年村干部带我们到上海造过卢浦大桥，我们在桥上拉钢筋，老实（确实）辛苦，但年轻时要到外面闯一闯。"

一位 86 岁的大爷笑眯眯地走进来，他说刚领到了补贴，这是村里从浙东十八潭门票和龙潭头水电站发电的集体收入中提取出来的分成，村里二百多位 60 岁以上老人均可享受。这位大爷准备和他老太婆明天一起到乡集市上买点糕饼水果吃。

广场又变得空旷。几位老人坐在村文化礼堂宽大的木沙发上，他们对着大屏幕彩电看抗战题材的连续剧。房间后面两列书架、两张方桌，方桌上摊开象棋。眼前浮过村庄久远的黑白底色的旧模样，而村庄现有的岁月静好、时光慵懒的多彩画面，正是战争年代的党员干部和群众为之奋斗的、在心里想象过的或者他们的想象力根本无法企及的新模样。

瓦瓷窑村速写

李建军

青瓷展厅里飞翔成群的鹦鹉
永丰河弹奏宋代的音韵
瓷碗盛下时光的蓝海绿水
瓦罐融合哲理的碧天青山
长茶碑按下历史的快门
拍摄古屋满墙的水墨画

青竹林晃动幸福的手臂
古樟树翻译天籁之音
樱花让大道幽香艳丽
朴树令松鼠惊喜跳跃
桃树梨树文旦树繁花闪烁
都是乡亲灵魂深处的花束

瓷器向世界叙述价值
缠枝花荡漾资本的波浪
文化风情街流金溢彩
博物馆是一艘瓷器出海的飞艇
地球像一座瓦瓷窑，这个村庄
就是一件别具匠心、精美绝伦的瓷品

于彼高冈

王雪梅

凤凰鸣矣，于彼高冈。梧桐生矣，于彼朝阳……

——《诗经·卷阿》

1

山不高，遍植竹林。竹子笔直，空山静寂。

这座不起眼的山，有一个好听的名字——凤凰山。

听说，叫凤凰山的，往往可能有瓷窑址。因为凤凰涅槃，即是浴火重生。瓷器同样需要经历熊熊窑火煅烧，才由泥变瓷，脱胎成器，化骨而生，成为精妙绝伦的艺术品。所以古人将瓷窑所在的地方称为凤凰山，以寄托凤凰涅槃的美好愿望。

我脚下的这座凤凰山，坐标浙东南沿海小城黄岩西南方向，距离城区十公里，经考古调查与发掘证实，沿凤凰山北麓，呈半月形分布着九处古窑址，称为黄岩沙埠青瓷窑址群。年代始于晚唐，止于南宋。其中七处被列为国家级文物保护单位。

北宋中期，越窑渐衰，而长期使用越窑产品的市场需求依然广阔旺盛。此时沙埠窑抓住时机，利用当地丰富的瓷土和燃料资源，依托便利的水运交通，开始大量生产越窑器。制瓷业迅速兴起，一跃成为北宋中晚期浙江越窑系产品的一大生产集中地。

从遗存中可以管窥当年的鼎盛场景：数百年前，这里人间烟火鼎盛，烧造的生活用瓷、艺术瓷，不但畅销全国，而且远销海外。

沙埠青瓷窑址群的考古发现填补了中国瓷器史上青瓷从越窑向龙泉窑发展的空白，改写了浙江陶瓷史，入选2023年度浙江考古重要发现，并入围2023年度全国十大考古新发现初评候选项目。

但奇怪的是，这段辉煌的青瓷历史，在历史典籍和地方旧志里找不到点滴记载。窑址直到1956年才被发现。2018年考古学家开始进行考古发掘，历时五年后这段辉煌的历史才得以重现。

不过历史也并非毫无踪迹，一个名叫瓦瓷窑的小村庄似乎承载着历史的只言片语。

盘桓在瓦瓷窑村古窑址，山上碎瓷片随处可见。仿佛竹脚边长的不是竹笋，是碎瓷片。随手捡一片，像碗底，再捡一片，像盆底。虽满身泥土，却难掩温润釉色，是"雨过天青云破处"的那一抹青绿，历经千年，依然动人。

在瓦瓷窑村流传着"九龙透天"民间传说。

北宋年间，有一户陈姓人家，陈氏子女九人，传承父辈青瓷窑业，他家的青瓷产品炉火纯青，为当时业中翘楚。

当青瓷窑在旺火封闷之时，天空九股烟柱随风旋转，恰似九条青龙长空曼舞，气势恢宏，久久不散，景象极为壮观。

遥想当年，高冈之上，窑炉林立，窑火映天，火光中似有凤凰于飞，一派祥瑞之气。那是一段辉煌的历史记忆，烟火鼎盛，贸易繁荣，永丰河上，白帆片片，青翠满目，琅琅之声满耳……

我想或许陈姓兄妹是当时顶尖的青瓷匠人。但是沙埠青瓷为什么衰落，什么时候开始衰落，又为什么不见于点滴记载，还是一个谜。

山边的那座惠顺庙听说就是为纪念陈姓兄妹而建的，其他的几处古窑址有类似的庙宇。

看着横卧手中的碎瓷，看着漫山遍野露出边角的碎瓷，忽然觉得那是凤凰山的秘密啊，那掩埋在时光里的秘密，藏了太久太久，一不留意，就化作片片碎瓷，散落山坡。希望有一天我们能读懂它。

远处，一朵山花在风中摇曳，而白色的雾岚，正从山间升起。

2

下得山来，拐个弯，就看见一条河道。古时的瓦瓷窑码头就在这里。附近还有一个村叫海门村，是古代海船进出的门户，如今已经并入瓦瓷窑村。

通过瓦瓷窑码头，向东、向南有两条航道通往东海，海运交通极为便利。沙埠青瓷窑能够在越窑渐衰之后崛起为浙江越窑系产品的一大生产集中地，与便利的航运不无关系。沙埠青瓷窑生产的青瓷就从这里运往全国各地，甚至远销海外。

一条河流流了千年，飘飞的烟云，茫茫的江浪，此时显得抽象。这里早已没了码头的模样。清浅的河水缓缓流淌，几只鸭子拨着清波。

最让人称奇的是永丰河在村里打了一个弯儿，奇迹般地浇灌出一片茂密的原生态森林。古樟、槭树、栎树、朴树、竹林还有梨树、文旦果树，树大都上了年纪，但仍然魅力四射，树干上泛着绿苔，如包浆一般。它们个个昂首向天，好像都想要出人头地，又或许是想要投身窑火，化作最完美的那一窑青瓷。

沿着新修的木栈道走进密林深处，不时传出各种鸟鸣，清凉之气扑面而来。想不到距离城区不过20分钟的路程，居然存在着这样一块宝地。有人说，要留住夏天的日子应该往山中走。我想倒也不必，走进瓦瓷窑村的这片原生态森林，就知道，当炎热和焦躁遇上了绿水青山，也会被摁下了暂停键。

时代变了，凤凰山变了，瓦瓷窑村也变了。村民们正走在逐梦的路上。恢复青瓷产业，发展乡村文旅，实现乡村振兴，瓦瓷窑村在经历新的凤凰涅槃。

由上海同济大学专家团队设计的村庄规划正从纸上落地，活生生的如同神笔马良手下的画笔。古老文化与现代气息辉映，新的瓦瓷窑村显得古韵芬芳。那些风雨中不知经历多少世纪的老墙老瓦老树，自信而骄傲地耸立着，唤醒沉睡的历史记忆和缕缕乡愁。

知名青瓷工艺美术大师已与村里签约，要助力他们恢复青瓷产业。听说还有人已经研究成功古法烧瓷，或许未来会重现像陈家兄妹一样技艺高超的青瓷艺术大师。

已故黄岩籍著名作家朱幼棣先生在参观青瓷窑址后感慨：黄岩祖先，既有脚踏实地的坚守与耕耘，也有烧窑制瓷的智慧与文明，更有漂泊天涯的勇敢与浪漫。

日月更迭，世事变迁，不变的是永久的气质和情怀。坚信与坚毅是改变一切的力量，只要它在，新鲜的气息就在，美好的愿望就在。

村口，一户人家正在建新房。两间三层的大楼房贴着瓷绿色外墙，在阳光下泛着温润的光芒。或许对那抹青绿色的偏爱已经融入瓦瓷窑人的血脉。

夫妻两人正在新房忙活，妻子用绳索拴住两块瓷砖，丈夫在二楼慢慢拉上去，瓷砖晃晃悠悠，妻子担心地一迭连声："小心，小心，别碰碎了。"但见丈夫稳稳地抓住绳索，待瓷砖在空中不再打转，猛地一下拉上去，迅速用手抓住瓷砖，整套动作快稳准。

一问才知道这是给儿子准备的新房。屋前香樟树下，妻子幸福的神情被阳光照射着。她的身后是蜿蜒的永丰河，永远带着希望奔流的永丰河……

乌岩古梦

柯文铮

乌岩头，山间古韵轻抚
岁月在石桥下静静流淌
古村的屋檐，低语着过往
青砖黑瓦，承载着历史的重量
演教寺的钟声，穿越时空
在宁溪的山水间回响

民宿的灯火温暖明亮
乌岩头的夜静谧深邃
古韵与新颜，交织成流年的织锦

山风轻拂古村的梦
在月光下，静静绽放
乌岩头
是岁月的诗，是时光的画

绿水青山都爱着乌岩头

沈 琳

我是在睡梦中来到乌岩头的。

从地图上看，宁溪镇乌岩头离城区 35 公里，近一个小时的距离，而在行驶过程中，路况是出奇的好。虽然一路上绿水青山非常吸引人，但是经不住车子的持续行驶，我还是昏昏欲睡了。

当听到大家说到了，乌岩头到了，睁眼一看，一座古村落果然就在眼前。

一座小桥，一棵古树，一排老房子，路两边青山环抱，首先映入眼帘的就是这样一幅情景。一条小溪穿村而过，沿着溪边往高处走，不远处有一块大石头。人们说，这就是这个村子名字的由来——黑色的大石头。其实我觉得乌岩头这个名字真的是土得掉渣，但是它的土非常有自己的个性。

村头的古树下有一座小桥，桥上有一些卖笋干、土鸡蛋、番薯、番薯肚肚、梅干菜等土特产的老人安静地坐在小椅子上。他们并不叫卖自己的山货，而是静静地等待有兴趣的游人主动问询。

老人们说，历史上乌岩头村所在的宁溪镇属黄岩西部重镇，与仙居、临海、永嘉、乐清等数县交壤，而穿村蜿蜒的黄仙古道也让乌岩头村成为交通便达的重要连接枢纽。乌岩头是自清朝中叶而建的百年传统古村落，也是古时台温私盐古道的一个重要节点，古村三面环山，一面临溪。主要由 4 个主要院落、110 间明清古建筑群组成，延续了南方畚斗楼的营造法式，建筑精致、保存完整，成为一个研究南方建筑的范本。悠悠岁月流转，古屋、古桥、古树、古道、古寺构成了这个静谧的古村，一瞬一景，一步一画，让人沉醉。

我们顺着老人指引的方向往高处走，不宽的青石板路把我们带入了一个个台门。当我们走进一间间石头堆砌的房间，一种悠远的气息迎面而来，似乎每个院落都有自己的故事。奇怪的是，虽然房子外面就是溪流，但房子里并不潮湿。

早在2014年，乌岩头村就被列入浙江省历史文化村落保护利用重点培育村。那时，这里还名不见经传，有的只是古屋、古树。这些古屋有的已经有300多年的历史，陈旧而斑驳。据传，当年陈氏先祖途经此地休憩时，见四周山野葱郁、溪水淙淙，便举家迁此，繁衍生息。

村中古迹众多，保存多达110间清代古建筑群，此外，还保留建于三国时期的"演教寺"遗址，是台州建寺最早的九所寺院之一，也曾被列为"宁溪八景"之一。迷蒙烟雨里，站在高处的观景台往下看，灰色的屋顶连成一片，古意盎然。古屋、古道、古桥、古树寂静斑驳却又交相辉映，它们共同见证了乌岩头村的兴衰变迁，也为世人展现着曾经尘封的魅力。

这一切，离不开"乡村振兴、共同富裕"的大环境。2015年初，上海同济大学教授及其团队来到黄岩，开始参与乌岩头古村保护和开发利用项目。他们首先将乌岩头村的110多间老房进行保护性改造，古村建筑延续"畲斗楼"的营造方式，保留老宅外观，优化空间格局，形成"乌岩灰瓦、青山绿水、石桥道地"的风格。

仅仅10年，昔日的"空心村"重新焕发生机，并收获了众多不同类别的荣誉——中国传统村落、国家森林乡村、浙江省AAA级景区村、浙江省"美丽河湖"等，诞生了浙江省"乡村振兴十大模式"中的"能人带动模式"，还被列为全国美丽乡村"千万工程"七个典型案例之一。

如今，古村落里有书吧、茶吧、陶艺制作、扎染等文创工坊，还有见素艺术创作坊和抱朴书院、民宿。我们到来的时候，刚好有一家研学机构在这里搞活动，只见孩子们兴奋地制作陶艺、扎染，玩得不亦乐乎。

我们走到一个院墙外面，有人让大家猜隔着一条小路的两面墙有什么不同，原来，就是这错落有序的石头建筑，以圆润和凹凸两种风格迥异的外墙形式，浓缩着黄岩、仙居两地的不同建筑文化。

继续向前，就来到了民俗博物馆。这里以晚清时期陈熙瑛三兄弟旧宅为展厅，有展品 1500 多件，如八抬大轿、春篮担和红木梳妆台等古旧家具，龙袍、刺绣和"三寸金莲"等古代服饰。是啊，正是有了这些记载着生活气息的老物件，沉淀了百年历史的厚与重，成为黄岩本土民俗文化展示的活力窗口，让古村落有了文化的灵魂。

现在的乌岩头，已从昔日的因交通不便制约发展藏在深山到如今的网红景点，经济发展了，村民致富了，到处充满了诗情画意。暑假期间，不少家长带着孩子来这里感受乡土气息、亲近自然。他们在古树的绿荫下嬉戏玩耍，在清冽的溪水中踏水捉鱼，在路旁的鲜花前陶醉闻香，在狭小的石道追寻蝴蝶；踏上黄仙古道，走过永济桥，穿过古宅民居……

绿水为伴，青山峰拥；倾听鸟鸣，仰望蓝天。

在这满目青山之中，乌岩头的风也是绿色的。

在这绿色的风里，青山绿水如此眷顾乌岩头！

误入西泉

杨永兴

如果我们爱上鸟的翅膀
一定是先爱上了天空
如果我们爱上误入的西泉
一定是先爱上了足音在心底的回响

我们一定是先于自己爱上天空
爱村子尽头的另一个人
爱所有的小径立起身来
春天，不停地往上走

我们，一定是在天空蓝得无垠以后
爱山坡上的野花委身成云
我们一定是爱风中蒲公英的相忘
才爱上时光做旧那久未校音的琴

如果爱是讲道理的
请——告诉我们
当秋天随果实一起往下走
她会和春天在什么地方碰头

西泉村，我可爱的故乡

牟锡高

　　西泉村，又作西舂村，有黄水埠、徐恩、下金洋、舂里、路廊下、广严寺、殿前七个自然村。它位于茅畲乡西南部，东与茅畲洋村相邻，西与山卡村的鸟山接壤，南、北两面靠山，有一条溪流自鸟山上流下，穿村而过，是茅畲乡九溪西源头。该村距黄岩城区22公里，一条百王线横穿村而过。地势西高东低，三面环山，山清水秀。早在1993年，这里被司法部授予全国先进模范调解委员会称号，还获台州市级文明村、台州市综合治理工作先进单位等荣誉。这里，古寺林立，历史悠久，森林资源极为丰富，还具有光荣的革命传统。

　　西泉村原名西舂村，撤销生产大队设村以后，改为西泉村。探究缘由：一是该村位于茅畲乡畲川平原的西部。二是村北面有座船山，山顶形状如一条船儿，通往平田乡牛游塘的北面山岭古道，叫做船山岭。船是财富的象征，船山表明村民们对勤劳致富的梦想追求。第三，该村是清澈的九溪溪流西部的源头，清清的溪水从该村中间，自西向东缓缓地流过。四是从读音上看，"船"普通话音chuán，"泉"普通话音读quán，两者声母不同，但在黄岩本地方言看，"船""泉"两字音都一样读chuán。鉴于以上位置、山脉、溪流、读音，及村民的梦想追求等综合因素考虑，所以先辈们改"西舂"叫"西泉"村，这是我的解读。至今，这西泉村的由来解读，还张贴在村文化礼堂一楼的走廊上。

　　村贤事迹介绍，也是村文化礼堂的重要构成。这里有几位村贤：杨文善（1944—2023），本村徐恩人，曾是浙师大的数学系主任，科研处处长，硕士生导师，教授。牟锡高，本村岙里人，高级教师，区名师，中国散文学会会员，浙江省科普协会会员。戴西忠，团级干部转业。企业家牟金香，本村黄水埠人，现任浙江联化科技股份有限公司董事长、黄岩区总商会副会长、台州市十佳女企业家明星。企业家牟宣军（现村委会主任），杨星昌，还有综治标兵郑仙高等。这些人物事迹简介张挂在村文化礼堂上。

据统计，该村森林的覆盖率为 91%，远远超过世界上大多数地方。俗话说：在山靠山。这丰富的毛竹、木材及林中数不胜数的原生态珍稀动植物资源，养活了淳朴而勤劳的西泉人民。他们以顽强不屈、艰苦奋斗的精神，把这里的森林资源源源不断地运往温州乐清、路桥、温岭大溪、泽国、椒江大陈岛（少时我们称为海山）等海内外竹木市场。据说，由此，山海之间的广大人民结下了深厚的友谊，做到资源互补、资源共享。特别记得，我们村周长 30 多厘米以上的坤竹（大毛竹，用于竹排材料）参天耸立，需几人合抱的大枫树（用于海上造船的船板）、高山茶叶、柴木等从这里出发，运往海内外，以此换取海上的渔业资源。

曾记得，小时候，我们从生产队集体分得鱼干、干虾米、干虾姑之类。更有价值的是，海山上的鱼肥（烂鱼）一船一船的，从大陈岛辗转运往内河永宁江。生产大队里，再组织社员去挑肥。少年的我，为了替家里分担，也自告奋勇地带上肥桶、木桶等盛肥工具，与父亲、姐姐、哥哥一起，去 10 里之外的北洋镇康山渡头、小里桥码头、临古三官堂码头等肩挑鱼肥。这肩挑鱼肥活儿，一般都在炎热的夏天，赤日炎炎的日子里进行，可想而知，经热日炙烤后的鱼肥，臭不可闻。特别是六月的天，突然间，天上会乌云密布，雷霆万钧，大雨倾盆。为了生存，我们这些生产队里的男女老少，面对烂鱼，早已"久而不闻其臭"。我们冒雨肩挑鱼肥，三五成群，结伴而行，还一路欢歌，伴随着木桶里鱼肥晃动的"哗嗒""哗嗒""哗嗒"有节奏的声响，似乎其乐无穷。这声音响，仿佛是少年时的我，最美的一种生活享受，这是伟大的乐章。因为，我们觉得，我们肩挑的不仅是鱼肥，我们挑的是庄稼施肥后的希望，是丰收的喜悦，更是滚滚的稻香米饭。想到这，于是，我们一群人，便咬紧牙关，哼着小调，迈开大步，昂首挺胸，高高兴兴地朝前走。这也许是台州最原始的山海之间的合作，纯洁的友谊。

西泉村历史远久，除了山水人文，还有古寺广严寺和西岙殿。广严寺，坐落于村西北方向，括苍山系支脉华严山南麓，唐乾符年间（874—879）建，宋真宗大中祥符元年（1008）赐额。元明时香火最旺，僧侣达500多人，直至中华人民共和国成立后才停止宗教活动。现在留下的仅是遗址，以及村民自发点燃的零星香火。在村委会办公室，一块匾额上有"人杰地灵"四个大字，是"浙江等处提刑按察司分巡宁台道参议加三级胡承祖"为该寺题写的。落款有"中兴广严寺继灯禅师，清康熙四十八年九月"等字。这也许是最能见证该寺庙历史的宝贵材料。

化鹤庙，在华严山东麓脚下，村里人叫西岙殿，是茅畲西部五村的保界。它建于清乾隆年间的1737年，正殿中为女身像——丁氏娘娘，村里人叫她太婆娘娘。意在纪念出生于公元7年，山东琅琊人，为民除害的巾帼英雄丁婉瑛。她为反对王莽专权，招兵数万，一呼百应，忠肝义胆，拯救百姓于水火，最后壮烈牺牲。

茅畲，是抗战时期黄岩县委所在地。西泉，是一个具有光荣革命传统的红色村庄。无论是抗战时期的永乐人民抗日游击自卫总队，还是解放战争时期的括苍支队，都在这里频繁地活动，特别是贯穿东西交通的黄乐古道，南北走向的船山古道，具有得天独厚的交通优势。

现在，在这里，乡村两级，借新规划的637国道从本村通往永嘉的良机，刚引进的茅畲西泉九溪漂流的旅游项目已经顺利落地，一幅美好的乡村振兴蓝图正在描绘中。

西洋村的烟火

符　建

从油菜花开开始，可敬
的人被春天记住，田间
黑木耳如兄弟姐妹挤在
一起，一朵朵聚拢

革命圣地的故事，在风中
招展，有自己的节拍
看，一九八四年的批准书
抗日根据地，比我只早一年

四十年，一个个带梦躬耕
的农民把西洋的烟火
都又爱抚了一遍，很多事情
正在发生，如丰收的稻田
沉甸甸的麦穗重重叠叠

满墙的荣誉牌匾依旧如故
像回归的游子重拾乡音
街巷里的香味飘移
书吧举起梦的翅膀

秀山丽水西洋村

黄 伟

据《浙江省黄岩县地名志》载:"西洋村,因位于原黄岩县小坑乡西部,经常发生洪水,变成一片汪洋,故名西洋。"西洋村原有西洋、大塘、蒋店、上屋、古岙、大岭田、古丈山等 7 个自然村,近年来由于村庄合并,又有东济、后呈、苗莆 3 个村并入,现有总人口 1540 人。

西洋村地处长潭水库之滨,是原小坑乡腹地,1970 年成了小坑乡乡政府所在地。东面毗邻象岙村,南面接壤白沙园村,西面与上垟村交界,北面濒临美丽的长潭湖。这里资源丰富,土地肥沃,山川秀丽,风光旖旎,是上垟乡人口聚集地。至今村内仍然存有小坑集市多家店面、老乡政府用房、卫生所、多家农家乐饭店,保存着集镇风貌。每月的初二、初六、初九是小坑集市日,近年来自周边的山民来这里赶集,人来客往依然很旺。

西洋村鲜花基地

西洋村东面有一条发源于柏都山的白沙园溪流过,河道两岸田野宽阔,适合庄稼种植,发展农业,一度成为种植浙贝、元胡的中药材基地。西洋村民的大片耕地则在村庄北面,靠近长潭水库。2010 年前后这里曾建有上垟乡西洋农园,总面积达 300 余亩,种有桃、李、桑葚、圣女果、百香果等。美丽的景色和香甜的水果,一年四季都可供游人观赏、采摘。

西洋鲜花基地也是上垟乡三大农业基地之一。2013 年,我来到上垟从事农业工作,在之前一年的 4 月 6 日—26 日,以"游湖里桃源,赏花果之乡"为主题的上垟乡首届鲜花节在上垟乡西洋村举行。2005—2019 年,西洋村还建有黄岩富景鲜花合作社温室智能化、远程化种植鲜花。鲜花种植基地产品远销上海、杭州、金华、绍兴各地，"富景"牌百合、蝴蝶兰等系列鲜花连续多年喜获浙江省农博会、花卉展销会金奖。在花卉产业发展的同时，带动当地村民增收致富。目前，村内仍有少量菊花等花卉种植。

西洋东济"秀川书院"

西洋东济，原建有秀川书院，民国时期改为秀川初级小学校。又改为两等小学校，后来又改为秀南乡中心小学，也就是最后在西洋村的上垟乡小坑小学，传承书院文化。据清《光绪黄岩县志》载："秀川书院，在小坑东济。清同治九年孙令意筹建。"为便于理解，现将全文摘录如下：

秀川书院碑记
清·孙意

盖闻县翱建铎，大典久箸于朝廷；授钵传灯，士习先征于乡里。事以文翁化蜀，乐捐刀布之廉；工部庇寒，广列万千之厦。诚明乎党庠之教、国学之储也！

黄邑小坑地方，壤逾卅里，西面接乎瓯江；村合六都，南比邻乎雁荡。山川之秀，钟毓斯多。然而问难有人，而执经无所；吟风有客，而庇雨无椽，而何以景前徽、育后进哉？本县甫下一车，殷求三舍，约鲐黎之父老，仿鹿洞之规模，拓"惜字亭"为讲学之所，额曰："秀川书院"，表嘉名也。

擢秀颖以开其觉，凭川流以畅其机。储今时桢干之资，远来者扫榻以待；补异日琳琅之选，受业者列屋而居。惟是翘楚需才，无众擎安能支厦？膏兰待给，以集腋始可成裘，则有搢绅先生、诗书硕士，或筹鹤俸，或任鸠工，或倾囊橐而留名，或割膏腴而助脯。本县不辞创首，酌兹五斗而分糈；诸君莫负初心，岂待十年而树木。从此乐成有庆，还闻丝竹之声，要知食报何常，但验科名之草。

是为序。

同治九年（1870），黄岩知县孙憙写下了这篇《秀川书院碑记》，他认为小坑东济自然环境优美，倡言建书院获得大家赞同。西乡小坑这个地方西面"西面接乎瓯江；村合六都，南比邻乎雁荡，山川之秀，钟毓斯多"。于是"甫下一车，殷求三舍，约鲐黎之父老，仿鹿洞之规模，拓'惜字亭'为讲学之所，额曰'秀川书院'"。那么，为什么叫秀川书院呢？"表嘉名也。擢秀颖以开其觉，凭川流以畅其机。"也就是说，以这里的山川钟灵毓秀来孕育人才。

　　有意思的是，我在光绪庚辰（1880）王承纩撰写的《吴君三松行略》中，刚好佐证了知县孙憙在小坑东济筹建秀川书院这件事。"同治庚午（九年），吴县孙欢伯大令建秀川书院于东济，越十年庚辰，余以梼昧来主讲席，时门垣继成。"光绪庚辰（1880），宁溪王氏后人庠生王承纩来接任秀川书院山长，应人邀请撰写行略，提到了他主讲秀川书院一事。

　　秀川书院的历任山长已经无法考证了，但是在《上阳吴氏宗谱》内仍可见到光绪六年（1880）黄岩溪上郑陈粤东教谕撰写的《吴子义越字袯凡》，其中写到"乙亥、丙子岁，余主讲秀川书院"。从而知道光绪乙亥（1875）、丙子（1876）两年时间内，陈粤东曾任秀川书院山长。

　　同时，还可见到光绪年间宁川后学廪膳生陈尚彬撰写的《重修上垟吴氏宗谱序》中提到"庚辰，余主秀川讲席"，可以知晓陈尚彬曾在光绪庚辰（1880）主讲秀川书院。至今，如果游客去宁溪宋渠直街旅游，还可以见到"光绪乙酉（1885）科第五名优贡，辛卯（1891）科乡试中式第五十二名举人陈尚彬立"的旗杆石。

　　为了纪念东济秀川书院，弘扬黄岩书院文化，2023年在黄岩区交通局增设的驿站文化助力"四好农村路"中，我特意将西洋村与白沙园村交界的村口长廊拟名"秀川廊"，邀请黄岩区国风文学会原会长赵秋鸿撰联，由中国书法家协会会员毕雪锋书写。上联：胜景白沙园潜藏龙井；下联：秀川绛帐地频出栋材。上联以白沙园村龙井坑人文胜景入联，下联以秀川书院人才辈出对应，这里现在成了上垟乡的一处人文景观。

书香与稻香随风传递在下曹

林海蓓

当人们辗转停歇在村口老樟树下
是否会抬起头向远处张望
通往外界的路四通八达
像村庄一样接受多种文化

村子四周长满了树和庄稼
郁郁葱葱舒展着一种魔力
它让每家每户村民有了崭新的面貌
也让书香与稻香在田野随风传递

一条河流沿着时光漫延远去
村委会笑脸墙上溢出亮丽的风景
村口的老樟树沉默不语
温暖和感动定格在人们心里

这里的一切把幸福演绎成平常
让岁月变得不再匆忙
慢慢地生活努力地创造
多彩的生命喷发着向上的力量

弯弯的澄江边有块小平原

池慧泓

1

这块小平原名为下曹，地处黄岩西北部，南傍永宁江（澄江），北依括苍山支脉，三面临水，属典型的江南河网平原。江河沟渠密布，土地肥沃，绿树生花，鱼跃鸟翔，实属风水宝地，也几近橘乡山水人文、风物特产、乡土民俗的一个缩点。

据初步考证，这块一平方公里的土地在宋朝就有祖先匍匐耕耘、血汗浇灌的足迹，初名"下漕"，"漕"为利用水道运粮，可见其交通优势，又一说地势低洼像水槽，故名"下槽"，"清同治光绪年间新定县境总图"作"下曹"。村里南北走向的河流有三条，呈"川"字形穿村而过，均发源于绵延的括苍山支脉。这个被青山绿水沃土宠爱着的小村庄，曾经是有名的鱼米之乡、蜜橘之乡，所产蜜橘经河道运至国外。

2

村庄东南角有两座相距不远的石桥，旁边有座路廊，一根狭长的石质桥梁横卧江岸，石刻文字"乾隆五十年岁次乙巳吉旦""瑞岩寺比丘僧荣法建造"清晰可见，临海洪某某等捐助石刻依稀可辨。这处宁静之隅，很难想象当年是个热闹小码头，台州北岸商人在此销售蔬菜瓜果。

向东行，是一条通向老闸头的古道，和村庄历史差不多长，曾是繁忙的交通要道，周边村庄的百姓南来北往，必经此处。路北是永宁江，河道裁弯取直后，这段江取名为江北渠道，属永宁江支流，江水清澈恬静。路南是一个新建的铸造工业园区，一幢幢高楼大厦取代了郁郁葱葱的橘林。

继续东行约五百米，一座长十米、宽两米的小石桥完美呈现，跨过小石桥就是屿新村。据说桥下原有闸门，闸门上有文字记载。江水由江北渠道和来自剑山村的小溪汇合而成，向南流向泾岸村，汇入永宁江主流，注入东海。

村西桥头有一棵老樟树，树根上长出两枝树干，一枝河岸直立，一枝河面横生，均绿荫如盖。放眼河那边，厂房林立，但挡不住不远处山巅上的狮子岩。几块碎田长出茭白、豆荚等作物，偶有老农躬耕其间。沿着绿道行至村庄南面，那片与后洋黄村交接的江涂田，一座现代化智能模具小镇蓬勃成长。

村北的大自然气息较浓郁，还有大片肥田沃土，此时正麦浪翻滚，榴花似火，梅子泛青，枇杷流金。六家坦周家四合院只留下一半痕迹了，这是晚清文武秀才周凤翔、周凤鸣的故居。"龙尾巴一闪，周家出了两秀才"，当时被传为神话。四合院东南方是镇兴庙，同治五年至六年（1866—1867），文武秀才的父亲——财主周德标捐地出资建造。

3

下曹小学位于村庄中心腹地，20世纪70年代中后期，是屿下中学的分校，全乡一年一度的中小学运动会在此召开。受"撤扩并"风暴影响，学校于1999年骤然停办，曾经的书声琅琅如今香烟袅袅，供奉大禹庙主，沿用平水庙老庙名。

下曹小学前身是"澄江小学"。清光绪年间，"戊戌变法"虽然失败，但是提倡科学文化、改革教育、开办新式学堂吸引人才等维新思想在全国迅速传播，村里两位文儒陈祝三和池凤珊（山）借用平水庙创办学校，当时来自外地和下曹本村的学子计百余人。为此，下曹两座"山"传为美谈。

陈祝三（1864—1945），晚清文秀才，住下曹小桥头，为人谦和。每每路上遇见乡邻乡亲，不管男女老幼，总是避至偏角，拱手让路。据陈氏家谱记载，陈祝三曾在宁海海游（今三门县海游镇）任教五年，培养生徒百数十人。回乡后，与池凤珊创办"澄江小学"。

池凤珊（1875—1936），邑县优庠生（县级优等秀才），住下曹大丬，名芹，字期金，号凤珊，亦作凤山，是当时远近闻名的鸿儒，不少学生慕名来其门下深造国学。据史料记载，乡贤名士方通良（1907—1970）于1927年师从池凤珊。池凤珊深受儒家理学影响，德仁乡里，乐善好施，新前塔山东林寺的功德碑上刻有其名。曾在浙江平湖县任文职工作多年，为下曹新型学校的创始人之一。

从此，下曹村文脉绵延，书香润泽。如今，从这块土地走出去的各领域人才济济，尤其是科教文卫领域。博士、硕士研究生数目可观，大学生如雨后春笋。这个1800左右人口的小村庄有30多位教师，其中有全国优秀教师、浙派名师、区拔尖人才、区教坛新秀、优秀德育导师等。

4

下曹村文化礼堂承载并传递下曹文化元素，讲述下曹故事：村名传说，村训，主要姓氏，自然村来历，自然景观变迁，古樟、神庙传说，灵殿桥传说，民俗谚语，剧团演变史，成就廊，军人榜，莘莘学子，春泥计划等。潮音讲堂风景特好，远教广场活力四射，党群活动中心初心不忘，图书室墨香四溢。由退休教师池安甫作词、知名音乐家徐正琳作曲的下曹村村歌《弯弯的澄江边》，唱出了古老而又青春的乡情，唱出了这片土地的底蕴、精神和希望：

> 弯弯的澄江边，有块小平原，陈氏祖先池戴先辈，来此辟地又开天，种下了一片绿，收获了黄灿灿。建立温馨好家园，沧海从此变良田。
>
> 如今下曹大变迁，工业农业齐生产，特色智能模具小镇，世界遥遥来领先。崭新画卷已在铺开，幸福生活乐无边。蓬莱仙境怎能媲美？嫦

娥也想投亲来。

美丽的梦想在希望的田野，下曹村好儿女志在蓝天，有志有为，鲲鹏展翅飞，不忘初心，团结一致永向前！

一个被青山绿水沃土宠爱的小村庄，也正被一个伟大的时代宠爱。

下方村

符 建

在春季，在水库边上行走
下方村如同一棵红杉树，安静
待在暖阳中，村民如同湖水
在四季变迁中不断来去
在山与湖之间，从此岸到彼岸
正如远处，黄永古道缄默着
守着黄岩与永嘉之间的玄机
近处，枇杷树开着花
在现实主义的岸边，白芨如
村童手中小石块，扔向湖面
波光粼粼，紫色花瓣
荡漾开来

青溪畔、古道边，最美下方

王斌荣

    开车经黄岩环库公路进长潭湖西南畔时，就能看到一个蓝底白字的交通路牌"下方村"，于是右拐驶入一条平坦宽阔的水泥村道，映入车子前方的是湖水、山峦、屋舍、田垄、果园……三月的长潭库区，上垟乡下方村从鹅黄的春意中隐约而出。

    目的地是下方文化礼堂，往有国旗的地方走！在浙江生机勃勃的农村大地，如果是村部或者是村文化礼堂，一定会看见那高高飘扬的鲜艳的五星红旗。下方村对于我来说是既陌生又熟悉，陌生是因为我从没有来过，熟悉是因为我早就在各类媒体里听闻了它的名字。

    一群白鹭在车窗前翩翩漫起，多么像一条轻盈洁白的哈达！

    果然热情好客，村干部老袁已经站在村文化礼堂门口等候多时，来不及过多寒暄，就领着我走进礼堂，一幅幅图文并茂的宣传画板配上老袁质朴的言语，我们边走边看，边走边聊。据村史记载，下方村建成于明朝洪武年间，传说有一金姓游方道人至此，初望此地土地平旷，杂草丛生，不见耕者。后细观之，发现这里东有青龙缠绕，西有白虎守护，北为红龙作靠，南见凤凰展翅，乃山清水秀、土肥地沃之风水宝地，于是择地而居，悉勤耕之。因这里三面群山环抱，前有溪水绕村而过，地貌似方形，故取名"下方"，后来有谢氏、袁氏、陈氏、郑氏、周氏、童氏、林氏等相继迁入，从此繁衍生息。1964年，长潭水库大坝筑成，下方村成了长潭库区里一个原始的村落，至今村域面积2.6平方公里，土地384亩，山林3800亩，人口近千人。从村史迁演、人文景点，到名人典故、乡贤桑梓情，再到美丽乡村建设、文化礼堂的兴起、乡村共富工坊的发展，这10年，包括下方村在内的浙江乡村的面貌发生了翻天覆地的变化，村村有风景，村村是风景；村村有故事，村村是故事！

人在这个整洁明亮、古色古香的浙江省五星级农村文化礼堂，料峭的春寒已经荡然无存。春天的晨曦争先恐后地涌入室内，缕缕金黄熔化在会议室粉白的墙壁上悬挂着的块块铜匾上，一个个闪着金光的荣誉！"浙江省和美乡村特色精品村""浙江省垃圾分类示范村""浙江省卫生乡村"……

走出村文化礼堂大楼，见周围青山绵延，楼房林立，阡陌纵横，鸡犬桑麻，有如诗人孟浩然笔下的情景："绿树村边合，青山郭外斜。开轩面场圃，把酒话桑麻。"这个长潭湖西南畔的"桃花源"，无论是在田畴果园、洋房庭院，还是在村口道地、花园绿道，随处可见耕田锄地的农人、疏花追肥的果农、喝茶聊天的生意人、开车骑摩的年轻人、运动锻炼的男女老少，在他们的脸上都能感受到一种发自内心的笑意。老袁说："下方村是黄岩农村的'三富基地'，即村富、民富、精神富。"或许，许多下方人身上洋溢着的幸福感就是为"三富"做了最好的诠释。而眼前的一曲青溪——上垟溪正沄沄流过，流向东面的长潭湖，它是下方村的村河，也是黄岩西南乡的母亲河，汩汩溪流永远泅动着这片乡野最温情的心跳。故乡的溪水是最亲的，许多优秀的下方儿女从这里走出去，像小溪奔向大海一样，最终汇流成千千万万中国人之中一股磅礴的中国力量，我想，在这些满怀赤子之心的游子身上，在他们流淌的血液里一定还存留着这条溪流里最记忆犹新的甘甜！在他们柔软的心脏里一定还深藏着这条溪流里最初的搏动！

一脉古道连接起下方村的过去与未来。乐黄永古道蜿蜒在乐清、黄岩、永嘉之间的山水人家之间，它穿越下方村，南起乐清的大荆，北至黄岩宁溪的岭根村，最后一直往西到达永嘉的张溪乡。有喧嚣也有寂寥，这条千年的古驿道，或山岩或条石，条条块块依势高低砌成，历经风霜雨雪，磨砺的痕迹呈现出岁月的光亮。重温古道，径道上散落着许多枯叶和腐烂的植物枝干，眼前，沉淀于季节交替、岁月轮回中的荒芜和颓废与周边山峦如染新绿的草木和生机勃发的春意形成一种让人沉思的对比，唏嘘于消逝与新生、昨天与今天、历史与当下的对比。曾经乐黄永古道上人马熙攘、商贾如流，一担担私盐、一挑挑木炭和许多的南北货，踏过一步一步的石径，翻过一道又一道的山梁，跋山涉水，昼夜不息，成就了几代台温先民最远和最近的梦想。在时空的节点里，下方村成了乐黄永古道上一个重要的驿站。

后山如画屏。沿寂寞冷清的乐黄永古道踏上山冈，映入眼底的是村里的百亩高山梯田，一丘丘就着山形修筑、层层叠叠的梯田是黄岩西部首批中药材种植基地。今天，这里恢复了古道两旁过往岁月里的人声鼎沸，有百多名药农正在田间忙碌劳作，待到秋天，他们将从田里生长的一丛丛植物中挖出一块块乳白色、形状如大蒜的茎块——中药白芨。白芨性微寒，味苦、甘、涩，归肺、胃、肝经，是一味名贵的止血良药。几年前，黄岩区政府出台了中药材发展扶持政策，鼓励库区乡村发展无污染的中药材种植产业。下方人紧紧抓住了发展机遇，利用长潭湖畔得天独厚的地理优势和气候条件，通过土地流转、招商引资、基地加农户等多元方式大力发展中药材种植产业，为村集体经济增长、村民增收开辟了一条新的致富"康庄大道"。历经三四年的成熟期，基地的白芨陆续迎来了丰润的收成，止血"良药"已变身为库区百姓致富的"良药"。药农们告诉我，他们都充满了期待和憧憬。这是他们一个贴近大地的理想，我感动，拥有大地情怀的下方人正以更低的姿态躬俯于他们脚下的这片土地。

站在美丽乡村下方看美丽的风景，一不小心，我们也成了风景里的人！

茅畲下街村

天　界

太多的古建筑，老名堂和走出去的人物
以及红色根据地。每一条老街
都有无数名字。那些脚步声离开后
背影却留了下来
"中国传统村落、省历史文化名村……"
牟俸为什么来到这里
为什么叫茅畲
北宋咸平三年，又发生了什么
这些我不知道。我只看到永乐大帝之师
也从这里走出。一个偏僻
小小的村落，为什么会如此闪耀
这些老堂记载了风雨沧桑
时间的轰鸣声中，不断被湮没的事物
都将以另一种方式活着
在畲川街，恰好逢到一场大雨
被还原的画面里，缓慢地播放世上最美的记忆

下街村，写在时光河流上

章云龙

　　春日，阳光打在安静的街道上。间或驶过的车辆留下了轮胎与路面的摩擦声，一忽儿，又静了。街面上，种子店、农资店一间接一间地开着，店主们或安坐在店内，或几人轻聊着，脸上挂着笑意。转弯处，卖零食的摊位与一个打炒米的摊摆着，摊主不急不缓，晒着阳光，静等顾客。阳光和煦，风也暖洋洋的，小寒不寒。

　　这是龙年，我行走在千年古街——茅畲街的街道上看到的一幕。

　　下街村居茅畲老街的核心地带。千年时光流逝，这个名叫下街、有着中国传统村落与省历史文化名村头衔的古村落，是一个有故事的村庄。

　　村庄的主路上立着一张张介绍下街村的宣传牌，驻足细读，多少能知悉其过往。村庄里，有牟、蒋、鲍、符、郭、潘、王等近20个姓氏，牟姓为大姓。我知道，茅畲作为牟氏的聚集地，是一个有着悠久历史的乡镇。北宋咸平三年（1000），四川陵阳（今绵阳附近）的牟尧（960—1030）带上先祖牟琳的画像，与三子牟俸（981—1056）及四子牟侃等9人启程前往江南，寻找安居的家园。几经跋涉，牟俸见茅畲九溪一带地沃水丰，由此定居于此，牟俸成为茅畲牟氏的始祖。"诛茅垦壤，皆成膏腴"，一晃千年，茅畲牟氏一族繁衍了32代。遥想当年，一个18岁的青年由万里外的四川迁徙至浙江，虽有避战乱之衷，但翻"难于上青天"的蜀道，一路东行，除了胆略，更需智慧。卜地打井，名曰涌泉。以涌泉井为中心，定居、生息、繁衍，渐成茅川街，即今日之茅畲老街。

　　我一次次行走在茅畲的土地上，熟悉的大宗祠、银塘、九溪书院等一个个历史胜迹，恰好在一条中轴线上。下街，具有江南集镇水街一体的传统格局。茅畲老街四面环山，九溪穿越，周边开阔，土地肥沃，有聚宝盆之风水，宋代进士谢直曾道：九龙纳珠，身高虎威，名成有限，众富旌庐。想见牟氏先人在选址上颇懂堪舆之道。

千年来，牟氏家族耕读传家，南宋牟忱设读书田，族人免费读书，元代牟楷设九溪书院，明代牟宗周设鸣山书院，文脉绵绵。牟企、牟及、牟松涛、牟忱、牟贤、牟育等10多位茅畲人中进士，20多位中举人，从山乡走向全国，开启了人生新路。

从街上往里走，抗战时期中共黄岩县委机关旧址茅畲小学在目。"艺术的风趣，科学的头脑""劳动的身手，创造的精神"，革命艺术家陈叔亮当年的题字仍在。这所颇具先锋思想的乡村学校，前身为九溪书院。它是元代深得程朱理学真传的人物、茅畲人牟楷创办的。牟楷，号"九溪居士"，在文昌阁设帐授业，教授生徒达数百人之多，门生称其所著之书为"理窟"，尊称他为"靖正先生"。秉承着先贤办学初心，茅畲的办学历史从未中断。时序进入民国，牟正非、牟谟考入北京大学。时值国难当头，两位从乡村出发的茅畲人，身怀家国情怀，投身于伟大的"五四"运动，他们的人生与启蒙一代中国人联系在一起，并曾担任北京大学讲师与教授。下街人牟正非后回乡担任茅畲乡乡长与黄岩县立中学校长。抗战时期的茅畲小学引入共产党人林泗斋及进步青年陈庭槐、陈叔亮等，他们以伟大的教育家陶行知的教育思想"生活即教育""社会即学校"的教育思想为指导，一批进步青年投身于抗日救亡运动，"茅小救国会"将宣言寄到上海《新儿童报》发表，在全国引起反响。他们成立"茅小学生参观团"，到黄岩、路桥、海门、泽国等地演出，宣传抗日思想，中共地下党在茅小的活动影响着一方地域党组织的开展，茅小由此成为黄岩的"延安"。一批茅畲人纷纷投入革命的洪流中，其中，上街人牟决明赴延安鲁艺，牟瑞兰、牟梅芳赴苏北解放区，牟桂芳赴皖南新四军工作，为京剧《沙家浜》里小菱的原型。也出现了浙南"三五"支队党代表杨明清烈士，浙南游击队的冀妙顺烈士及牺牲在抗战战场上的王岳清。

一所乡村学校，在中国革命史上写下华章。

西乡的风在历史中轻拂。一个个下街人，生于斯，长于斯。从20世纪80年代始，我的脚步常在下街响起。老街喧闹，物业两旺，供销社为龙头的各种店铺琳琅满目。街道上溪水潺潺，两边人声喧闹，社戏不断，涌动着一个地域的生机。时代大潮下，一个个下街人，从下街出发，追着阳光奔赴全国各地种西瓜。老街老了。一年大多的时间里，常常是老人的脚步缓缓地在老街响起，老街寂静了。只有瓜农回家时，老街才重新喧哗起来，街道上停满了各种车辆，还有一家一户为种瓜服务的农用物资堆满了房间。一年又一年，一间间新房矗立起来，我最担心的是一幢幢大宅成为过往。于是，我一次次走街串巷，与老建筑对视，与旧时光连接，一次次在街巷里拍摄下历史的影子，建筑的样貌。

建筑的故事，人物的故事，串联着一个个家族的故事。这故事里，有千年时光的故事，还有时代变迁的印痕。当我在数年前听到下街村申报中国传统村落，我仿佛听到了老街嬗变的声音在响起，多好的建筑啊，如果能留住，那是一个地域不可再生的资源，不仅仅是留住乡愁，也是老街凤凰涅槃的机遇。

当我又一次驻足在老街，目前仍留存有96栋明清建筑，多为二层重檐砖木结构，是老街千年历史的积淀。这些由民居、祠堂、厅堂、商铺、书院、庙宇等组成的传统建筑，传递着浙东传统民居的信息，精美的牛角、花窗、浮雕、影壁等无不传递着古代匠人的高超技艺，彰显其艺术价值，是研究千年来江南民居演绎的文化符号。尤其是豫亲堂、聚德堂、敦福堂和裕德堂等为代表的历史建筑，其形制、形式、雕刻、铺装等元素，值得后人传承。

豫亲堂为明皇帝朱棣太傅牟完的故居，由台门、中堂、厢房组成，梁、柱、枋、斗拱、雀替基本完好，其台门是一座独特的四方柱独脚门，为台州现存唯一的式样，是区级文保单位。聚德堂又名树德堂，系清末至民国年间一处当店，为武举人牟中元儿子牟则培建造，为二层三合院建筑，底层走廊为卷棚顶，檐柱下四面雕刻花草、螃蟹等图案。建筑西侧砌筑有一座八字形照壁，体量较大，制作讲究，砌筑灰雕开光，内饰山水花草纹饰，我曾见过道地里摆放青釉石雕刻的石鼓凳，十分精致，聚德堂为区级文保单位。敦福堂，清道光十八年（1838）卫守备养庵公所建，潘湘门太守题其额的老屋的先人曾世袭"云骑尉"。台门、屏风、荷池和木雕格子窗富有特色，牟正非曾居住在此，是区级文保单位。裕德堂为宋进士牟忱故居，三合院建筑，"以德裕后，不以富"，传递着其教化子孙的思想，"望郎窗"富有特色。

街道静谧，阳光温暖。我徜徉在下街村，与一幢幢古建筑对视，看一个个老人从我眼前走过，气定神闲。不远处，年糕工场里，热气腾腾，浸米、分拣、包装，有条不紊，欢声笑语飘荡，乡村生活，真好！

致敬下浦郑村

李建军

苍柏的年轮，狮子桥的花纹
读透 1000 年古村的奥秘，在这里

后头河扬起村情的浪花
东溪河弯曲着爱和甜蜜

金黄的稻谷是什么？都是
落地的资本、满天的星辰

霞光覆盖米面文化公园
面干像一根根金色的手指

工业园区像一片澎湃的天空
模具排列成一块块云朵

细雨中的别墅群愈加明亮
像一篇篇共富的村志

谁控制着篮球的飞来飞去

白鹭与栀子花旋变为啦啦队

乡亲的双手举起盘龙山、竹山
星球转动，文化礼堂正中的地球仪也在转动

七彩下浦郑

王　军

　　说起高桥街道下浦郑村，黄岩人嘴里会不假思索地蹦出一个共同的词——"面干"，这是它给人们最原始、最直白的概念，而当我穿村而过，则刮目相看，工业区、别墅群、篮球场……活力、多元和幸福映入眼帘。

　　下浦郑村位于高桥街道东北部，东与院桥镇前王村交界，南连高桥头村，西与大埭村隔河相望，北接杏林村。宋代开宝三年（970），河南荥阳郑氏第十八世孙郑良弼自临海章安迁下浦定居，繁衍生息，取名下浦郑。顾名思义，"下"，地势低，"浦"，与水为伴。0.7平方公里的土地上河道总长约6000米，八口池塘星布，村西北和东南蜿蜒着永丰河支流"后头""东溪"，狮子桥、麻车桥（寿昌桥）、孝顺桥跨河而卧，见证着下浦郑村的变迁。河边的桑树高大如盖，绿叶油亮，肆意洒脱，诉说着曾经增加村民收入的蚕桑业的过往。穿村而过的十高路应时而生，人来人往，车流不息，承载着新时代的新任务，给全村1266人带来诗和远方。

　　市、区非遗代表性项目下浦郑"米面制作工艺"经过了四次华丽转身和蝶变。邻里合作手工操作是解放前的模式，动力机械是20世纪60年代以生产队为单位的产物，电力加工则是80年代的画面，2016年，村里成立米面生产专业合作社，并出资64万元建造污水处理设施，实现金山银山与绿水青山的双向奔赴。

　　2019年，下浦郑村借智浙江工业大学，投入5600万元建设省内首个米面产业小镇，建成省内第一条米面自动化生产线，制定省内第一个米面团体标准，"黄岩区高桥米面农业特色产业小镇"于2022年8月列入第一批市级农业特色产业小镇创建名单。成立下浦郑村米面产业共富公司，完成年产6000吨干米面自动化工厂一期工厂的建设与投产，利用西兰花、胡萝卜、南瓜、紫甘蓝等有色蔬菜开发七彩米面，让食客在红橙黄绿的加持下，大快朵颐，满足人们对果腹与视觉的双重需求，并已申请国家发明专利。目前，村里米面销售（含粗米面）占台州市场60%，全年加工大米达900多万斤，全村有30%以上农户从事米面加工，年纯收入千万元以上，村民一天则有500元至1000元不等的进账，共富之路越走越宽。

20世纪70年代，下浦郑村村民按捺不住改革春风的撩动，不断向蔬菜加工、布轮胶木、塑料五金、玻璃纤维等各种行业试水，在长期的摸索和积累中，村个体加工企业日益壮大。2000年9月，在街道支持下，占地150余亩的"下浦郑工业园区"迎来了22位主人，2002年园区全面开工投产，年产值达1.47亿元，极大地鼓舞了村民的办厂热情。目前全村三分之一的村民经营着以塑料日用品、百货为主的企业，有100多家，年工业总产值近4亿元。

有了经济基础，才有能力、有实力满足村民对美好生活的向往。在村部门口，一块庆"五一"篮球邀请赛的告知牌表示我已错过那场摇旗呐喊、锣鼓喧天的"村超"现场，还好六一期间由杭州越剧二团承演的"落难公子中状元，私订终身后花园"故事将在村文化礼堂唱响5天，赶得上！

早已等候在会议室的村史编写组的几位古稀老人使我收获满满。盛唐时著名的文学家、书画家，一代通儒郑虔（别名郑广文）被贬台州期间，开创台州教育先河、首创官学，唐玄宗对其画作《沧州图》大为赞赏："画好，诗好，字更好"，并在其尾署："郑虔三绝。"明方孝孺推其为"吾台斯文之祖"。清代设立的广文书院就是如今台州中学的前身，临海还有广文路。

有了郑氏先人"耕读"的DNA，下浦郑村一直重视村民的文化教育和精神生活。全村高中普及率达95%以上，162人具有大学文化程度，占全村人口的12.8%。20世纪50年代，成立全乡第一个村级越剧团，公演革命样板戏《沙家浜》，古装戏《十五贯》受邀至温岭、温州等周边地区演出，获当地群众的一致好评。目前，"下浦郑莲花"已列入市、区两级非物质文化遗产代表性项目目录。

临走时，村史编写组的郑人杰老先生送我一本他自己创作的诗集，并向我展示诗集被国家图书馆中文采编组收藏的感谢信，我小心地将诗集放入包中，回去定要好好分享他的幸福和快乐。

只有了解客从何处来，方知我将去何方。佩服村委编写村史的决定，感谢遇见一群用文字记录美好、记录历史的下浦郑人。

春夏之交的午后，行走在379间别墅的前门屋后，绿树如荫，花草满蹊，真羡慕下浦郑村村民，停车不费时，更不用担心被开罚单啊！徜徉在2万平方米的米面文化公园，大地、蓝天、草帽、汗水、丰收都化作宫崎骏笔下的麦浪涌动，微风吹过，是金色的味道，也是街道食堂里那碗宽汤宽水的"七彩姜汤面"的味道，微辣暖胃、唇齿留香……

谷雨中的仙石村

凝　言

擎把伞站在仙石山雨幕里
看满天水雾，像袖手旁观的仙人俯瞰人间
他们御风次第而行。从连绵山脉往云端
青翠的绿，国画般深浅

永宁江源头的水在脚下涌动
顺着地势，分出无数支干
流进庄稼、树林，经过仙石村

村口的老树，翠色清扬
一百五十岁的枫杨
一百七十岁的红豆杉
它们两两相望，听廊桥下溪水响得清朗

廊桥里有人讲起那个夜晚
暴雨如注，巨石雷动
他们说是仙石山里的仙石，在寻找它的主人
正如冠军射手的眼睛，瞄准前方的靶心
那一发扣动扳机的力量，直击目的
巨石找到了新的落脚点

一股神奇的力量守着一颗坚毅执着的心

山顶上的黄坦水库盈满了水
飞鸟嬉戏啾鸣
忽地，又往岭东寺庙的屋檐方向飞去
仙石村依旧静静在青山绿水里

"三冠王"的老家仙石村

张广星

　　从仙石村回来后，我就在朋友圈发了一篇关于仙石村的短文并配图：黄岩上郑乡仙石村是杭州亚运会射击"三冠王"黄雨婷的家乡。昨天也去了她的家，但黄雨婷除了半年前回过一趟家，就一直在北京训练。2024 年 7 月，她将赴巴黎参加新一届的奥运会，大家都盼着黄雨婷能在竞技体育的最高舞台上再创佳绩。

　　在仙石村，我们见到了黄雨婷的奶奶，她向我们介绍了那天夜里发生滚石时的情景。真是神奇，无法解释，现在每天仍有许多人来黄雨婷的家实地踏看。据黄雨婷的奶奶回忆，2016 年农历八月十六日凌晨 3 点钟左右，他们全家人和村民们一样，都在熟睡之中，忽然听得几声地动山摇的巨响，把全家人和村民们都惊醒了，惊醒后最初的几秒钟，大家无一例外地都以为是地震了，但又不见家里有东西被摇晃了，摔碎了，而且几声巨响以后，也不见有余响。全家人惊惊慌慌，邻居们都跑出了房子，才看到原来并不是地震，但有两块巨石从山上滚了下来，一块停在了路内侧，一块停在了黄雨婷家屋檐下。大家看了都先是一惊：如果巨石再往里滚一滚，黄雨婷家的房子就要塌了。当晚黄雨婷和妹妹就住在巨石正对着冲进来的窗户下，真是命悬一线啊，细思极恐。再而后就是啧啧称奇了。首先是两块巨石都是在近三百米高的山上滚下来的，而山的坡度很陡，按照这样的高度和坡度，巨石怎么可能是贴着这陡坡滚下来的呢，它应该被抛出一条斜线，凌空砸向路对面的房子。而现在其中一块竟然紧贴在道路内侧的坡土上，好像它一直就生在这里一样。第二奇是来到屋檐下的这块巨石，居然就在停在路边的两辆车的空隙处滚过，两辆车丝毫无损。

黄雨婷的奶奶至今心有余悸，如果滚石稍稍再偏一点，其中一辆车肯定就报废了。而巨石就停在了离门框几掌远的地方，没有砸着门窗，没有对房子造成任何损伤。而巨石停留的地方，竟然对开窗开门也没有任何影响。所以当黄雨婷爷爷提出来把巨石搬走的时候，奶奶不同意了。她说，两块大岩石从这么高的山上滚下来却对我们和其他村民的生命财产无损，说明大石头对我们都手下留情，说不定还是个好兆头呢，能保佑我们雨婷和妹妹学习进步，射击水平再提高。

巨石滚落的时候，黄雨婷还很小，还在黄岩少体校训练。当时曾经轰动过，但人们根本没把滚石和小姑娘黄雨婷联系起来，所以很快就沉寂下来了。直到2023年9月杭州亚运会比赛开始以后，黄雨婷在射击比赛中拿了一块又一块金牌，直到成为"三冠王"，大家才恍然大悟：原来黄雨婷家，就是若干年前巨石滚落而又停得恰恰好的地方，这两块巨石来得蹊跷，停下时更令人称奇，于是巨石随着黄雨婷成为亚运明星也成了网络流量的顶流。无论远近，每天都有大批人来到仙石村黄雨婷的家，好奇地仔细观察巨石。

仙石村村名的历史比较短，要说起仙石村村名，得先从村后的大山黄岩山说起。关于黄岩山，它的山上有一块三面凌空的巨石"着棋岩"，因为传说中仙人曾在这里下棋，所以黄岩山也被称为"仙石山"。黄岩山下分布着圣堂、农林、石碾、坑口、庙下、黄坦等村庄。在21世纪10年代并村运动时，上级决定由坑口、庙下等村庄组成的大村，用"仙石"来命名村庄，这一提议，获得所有村民的一致通过。

而村庄之大火，就是黄雨婷实现"三冠"之后，人们第一时间把多年前的滚石奇迹给挖了出来。至今不远几十里、几百里甚至几千里络绎不绝来到黄雨婷老家的人，有的是为了满足好奇心，而更多的人是来瞻仰仙石，沾点仙气，甚至是来顶礼膜拜，盼望自己也能"石（时）来运转"。

仙石村山里更深处，有一口形似小水库的黄坦山塘，村支书说起本村的文旅开发，仙石村更在永宁江源头黄岩溪的上游，村里准备在这里搞农家乐，休闲烧烤。他又指着绕水塘的四边缓坡：这大片山场，每天的日照时间很长，很适宜开发光伏新能源。

他说按照县志和族谱记载，王方平修炼的黄岩山（仙石山），我们两个村庄是共有的。我们也可以说是我们仙石村的黄岩山。至于革命红色之源，我们村里就有十几个中共地下党员，我们村的地形更加险峻偏僻，更适宜于当年地下党的活动，所以我们村是浙南共产党和三五支队活动的据点村。

在村口，我们碰到了前任老书记，他在村里担任了长达三十多年的支部书记，而他的父亲，当年正是村里的中共地下党员，掖着脑袋干革命。老支书说：我们不管别人怎么说，我们走自己的路，把村庄带上发展的康庄大道！

在小里桥看流水逝去

柯健君

有一条小小的溪流
从历史的深处弯弯曲曲地延伸
运载着繁华与安静
还有昨夜星辰里的往事

坐在桥上的人
不是孤独的。还有撑橹时溅起的水花声
搬运声，交易声，带着南腔的吆喝声
在他弹落的烟灰间，一并飘散

我多想做这里曾经的一个过客
看尽熙熙攘攘
随着流水，体验红袖、烟火与乡愁
学着暮晚的落日，给人温暖

我就是那个并非孤独的人
坐在小里桥上
看着流水不停地逝去
运载着欢笑和幸福，饭后的歌声

有一个村庄，叫小里桥

李玲君

　　一条江南渠悠悠流淌，夹岸古色古香的木栈道，整齐的楼宇两岸对立，小桥流水，亭台遥对，白墙黛瓦，绿树红花，俨然一幅秀美的江南水乡风景画。这就是浙江省美丽乡村精品村——小里桥村。

　　小里桥村，因"小澧古桥"而得名，它位于黄岩区北洋镇东部。古老的小里桥就横卧在九溪之上，它见证着岁月的流淌，见证着朝代的更替，见证着世事的变迁。

　　这座桥，始建于南宋，清乾隆二十五年（1760）重建，是黄岩至永嘉交通线路上的主要桥梁之一。它是一座单孔石拱桥，全长24米，全部用坚石砌成，只有一个拱形的大桥洞，横跨在九溪之上，宛如长虹卧波。半圆的桥洞和水中的倒影连起来，就像一个圆圆的大月亮。桥面是拾级而上的阶梯，两侧是石栏，斑驳的栏板上爬满了青藤，一条条青藤垂向水面，像绿色的瀑布，也像神秘的珠帘。栏板中间竖着一根根石柱，上面雕刻着精美的图案，有的是莲花座，有的是小狮子，有的是小老虎。尽管有些破损，但清晰的线条依然能看出当初石匠们雕刻的用心以及古代劳动人民建设桥梁的才干。

　　古老的小里桥畔还是一个古渡头，曾经是繁华的集市。每逢农历初六、初十，黄岩东部的生活用品、小五金等，西部的竹、木、炭、笋等特产，都经水路用船只运到此地交易。桥上人来人往，桥下船舶云集，街上店铺林立，摊贩拥挤，是黄岩西部名副其实的商贸集散中心。如今，在小里桥老街，古色古香的墙画还记录着繁华的过往，描绘着往昔的盛景。

　　时光悠悠，岁月流逝，沧海桑田，到了21世纪，船运交通渐渐退出了历史的舞台。小里桥交通枢纽的地位在逐渐退化，老街上的房子日渐破败、倾斜、坍塌，狭窄的街道给人们的生活也带来了不便，曾经繁华的小里桥日渐沉寂。

2008 年，为了改善村民的居住条件，小里桥村两委商议将住宅小区规划在村庄东侧的低洼地。克服重重困难，经过一年多的建设，一个崭新的小康型农民住宅——管竹岙小区拔地而起。村两委将村道浇上水泥路面，对环境卫生进行全面整治。崭新的楼房，干净的路道，成排的绿植，小小的村庄，人居环境得到了大幅提升。

2018 年，104 国道西移线工程涉及小里桥村，村两委以身作则，不懈努力，仅用 7 天时间就全部完成了拆迁安置协议的签订，创造了有名的"北洋速度"。"西乡名苑"就是 104 国道西移线拆迁安置小区，90 间立地排屋外立面风格统一，一幢幢小别墅干净整洁，房前屋后，鲜花盛开，绿树成荫。有些人家还摆弄起了盆景，罗汉松、金豆、老鸦柿，一盆盆造型别致的盆景为新房子增添了许多艺术气息。放眼四顾，"西乡名苑"俨然是一个大城市的高档住宅区，整齐的布局，宽敞的院落，挑高的门厅，气派的大门，文雅精致而不乏温馨，浪漫庄严而不乏雍容。站在室外，你都会怀疑自己是否身在农村。这样的豪宅，村书记是没有的。他说："西乡名苑是安置小区，我如果搞特权留一套给自己，村民就不会再信服我。"

2019 年，村两委准备利用村集体 19 亩多的自留地，自筹资金建设两栋厂房，利用厂房的租金提高村集体收入。可是兴建那么大的工程，谈何容易！光建设资金就需要 3000 万元。村书记带着两委四处奔走，艰难地筹集了 1000 多万元，但还有近 2000 万元的缺口。对于小小的村集体来说，补齐那么大缺口的资金，难！此时，恰逢浙江省移民办和财政厅明确 44 个水库移民共同富裕示范项目，黄岩区飞地抱团第四期申报小里桥村新建厂房项目，该项目由北洋镇 21 个移民村以入股形式参与小里桥村的厂房建设和收益分红，通过强村带弱村，先富带后富，实现共同富裕。该项目成功入选，终于争取到省资金 1350 万元，区配套资金 650 万元。2022 年 7 月，工程全面竣工。

2022 年 10 月，小里桥村的新建厂房与环境科技有限公司签订了租赁合同，直接产生 352 万元的年经济收益。21 个移民村收益 100 多万元，小里桥村集体经济每年会增收 200 多万元。入驻的企业还能为村民提供就业岗位，提高村民收入。这个颇具前瞻性的创举，带领着全村人走上了强村富民的康庄大道。但村干部却说："我们做得远远不够，与那些强村相比，太微不足道了。"

古桥古渡古村落，新路新房新经济。小里桥村，走出了一条符合村庄实际，推动村集体经济提质增量的好路子，不仅增加集体收入，也提高了村民的收入。"驼背公公，气大无穷，驮的什么？车水马龙。"走在江南渠的栈道上，不由想起小时候背的谜底为"拱桥"的谜语。是呀，弯弯的小里桥，千百年来默默地架在小里溪上，每天驮着车水马龙，为两岸的村民带来了便利。以身作则、谦卑实干的村干部，为小里桥村的建设和发展，为村庄的共同富裕殚精竭虑，默默奉献，驮着小里桥的全体村民，让整个村子从破败变美丽，从旧房搬新楼，从贫弱向富强，不正像那座古老的小里桥吗？两肩担道义，实干谋新篇，千千万万个像古桥一样的基层干部，全心全意地扎实推进社会主义新农村建设，中华大地才会欣欣向荣，出现一个个经济繁荣、设施完善、环境优美、文明和谐的新农村。

今天，我已深刻地铭记，黄岩有一个村子，叫小里桥。"头雁领航群雁齐飞"，我坚信，古老的小里桥村，必将变得更加美丽、更加富饶。

渡

章文花

新界渡距今已有 300 年历史了
新界渡已渐渐从岁月中隐去
像被江水送往时光的某一个皱褶

我们漫步在绿树如荫的澄江两岸
已经找不到渡口的地址。斑驳的老船
一任又一任的船老大，也被江水送走了

2005 年，江上造了桥
走在桥上的人们，还时常想起渡船
从惊涛骇浪渡到晴空之下
从此岸渡到彼岸
渡进村庄的灯光和袅袅炊烟里

周冬生是最后一个接过渡船工作
的船老大。他说：渡船是一种艰苦
危险的生活。雷雨天、台风天
船会顺水漂出去，要费好大的劲
逆水把船划回对面渡口

在城里读书的学子，卖红糖、橘子的乡民
走亲访友的人们，一次次在这里上岸
在电闪雷鸣、风雨浪头中上岸

我们走在秀气、辽阔的桥面上
想起渡船的时光
从这头走到那头
走进了数字化"橘园小镇"

澄水古渡　橘源新界

彭旭华

新界一直是记忆里浊浪滔滔永宁江北岸一片翠绿的橘林。童年时母亲告诉我：江对岸的村庄是新界，那里也住着一支与我们同宗同姓的人。成年后，永宁江成了淡水内河，河水澄清，如今的江两岸大片土地被认定为世界上最早的宽皮柑橘主要产源区。

澄水村落

这是典型的江南水乡，村南面横亘着百里的母亲河——永宁江，南眺嵩岩石大人，北顾狮子岩，两峰遥相对应，依江亲水，村人自谓：揽平原之沃土，拥车马之便利，乃富美之乡，江畔明珠。水是村庄永远的灵魂，环村还有四条小河：涂田河、前河、前彭河、上桥头河。村里分布着大大小小十八口水塘，却各自被住民命名为龙舌塘、荷花塘、方塘、圆塘、三透塘、隔塘等，这些是人们多年生活中形成的习俗地名，普通、形象而带着出处，成为区分方位的标志，如"老周家住前面荷花塘东"，"包婶到方塘汰衣裳去了"。偌大的村庄因这些小方位地名透着浓郁的生活气息。

隔江与澄江的凤洋等村相望，江边绿道自灵江交汇处的三江口一直贯通到长潭水库大坝下，是浙江最美的绿道之一，既有想象中的杏花春雨、草长莺飞，更多见到的是农居的泥翻燕啄、植橘培林。

水乡的一个固有特色是桥多，村里就有涂田桥、周家桥、下包桥、前头桥等九座桥，江南小村的桥可以是烟雨飘袅的存在，也可以平铺简单地存在人间烟火气里。水和桥把村划分为前彭、后彭、周家、何家、西邵等八个自然村，聚合繁衍了包、周、彭、邵、何五个为主的种姓，多姓氏的家族在一个村居里相互包容、共存融合。

远古时这里四面环海，平原因海涂淤积，沧海桑田，由石牛栏山屿延伸而成的一块沿海陆地，故称为新界道头。

曾在解放初期有个小乡直接命名为新界乡，不久又与附近的前洋村一起取名叫新前乡，1958年新界划归头陀，却把新前的地名留在了隔壁的乡镇。

古渡兴衰

在村里的草丛中发现了一块巨石，上书"古渡风情"大字。然而沿着永宁江河岸溯寻，由于三江口筑闸后永宁江不再候潮，两岸绿道芳草，完全找不到昔日的渡口和埠头。唯见荡漾浅浅的绿波，偶尔飞鸟在水面划过。

古渡确然真实地存在过，却没有那么出名，既没有"风陵渡一见误终身"的爱情故事，也没有孟津渡产出了"关关雎鸠，在河之洲"的美丽传说，更无"瓜洲渡楼船夜雪"的美景。真实的是，百千年来的永宁江新界段江阔水急、潮涨潮落、波涛汹涌，轮渡切切实实解决了人们走亲访友、婚娶、求学、进城卖橘子、红糖换取生活用品的交流需要。当地交通部门渡口办的文件记载着：这里原是文明悠久的历史渡口，两岸十余村庄行人及农副产品集市交易，日有三五百行人往返，确是交通要道。

永宁江上共有八个渡口，新界渡是其中之一，至今已有300余年的历史，以前没有渡船，村民进城要绕道下路、魏家、东江、七里小船过江，至大树下再进城，交通十分不便。

传古渡的发起人周士哲是清乾隆年间大豪，家境殷实，有财有势，而且较有见地，记载为郡庠生，即是考取了地市一级的生员，比邑庠生高一级的秀才。其温岭的友人黄某应邀来访，从焦坑松兴堂进入仪凤彭到永宁江畔，其时江面宽阔水势汹涌，无法过江，于是调头返回到大树下从七里渡小船过江，经东江、魏家、下路，总算到周士哲家。黄某说了句："新界这么大，出入这样困难，你再有钱有何用？"触动了周士哲，他下决心建造了埠头，修置了渡船。这一开埠，就是到了2010年道头桥建桥两年后，才结束了渡船。

作为水乡的大村，一度拥有大坟浦、新界渡头、孙东交界、车埠等四个埠头，足以说明新界当时的兴旺景象。

和大多渡口一样，都经历了繁华与荒凉的蜕变，演绎着多少年的人来人往，相遇的喜悦和送别的惆怅，丰收的希望和生活的奔波，渡口的记忆是江风中吹动的衣裾，是山川流云，是尘封已久在内心深处的时光。

橘林叠翠

橘林环抱的新界，如同长幅素色的水墨清描，轻轻铺卷在永宁江的卷轴上，每一帧都是清新淡雅，每一景必是橙红或橘绿。

河晏水清的永宁江，是一条新兴产业的科创带，也是"中华橘源"地标打造的核心文化经济带，规划中的"中华橘源"小镇以江为界划分为南北两大片区，北岸以新界、孙家汇等产区的柑橘品质复兴为重点，南岸以凤洋等产区为柑橘文化复兴的重点。

元人林昉道：断江之东为新界，西跨江，北为新南，地皆宜柑。自古断江、新界、江田、东江就是贡橘的备礼乡。得益于永宁江两岸的土壤，在咸水与淡水的交替冲淋灌溉作用，河海的淤积土富有微量元素，十分适宜橘类果树根系的吸收。这块土地不仅是自然资源和环境适合橘树栽培，千百年间智慧的橘农形成丰富的科学种植技术，如1700年来独特筑墩技术就是得到联合国农业组织认可的一项农业文化遗产。近年来新界村流转出新的土地鼓励和引进种植开发，总的柑橘面积达千亩以上，与专业的科研机构合作，不断优化品质培育，形成五十多种优质种植品种，现代农业下高品质的橘产品正在新界这个"渡口"重新起航。

黄岩作为蜜橘始产地、东魁杨梅的始祖地、国内最大的水果加工基地，被黄岩人长期引为骄傲和自豪。随着几个邻县的旅游经济综合开发，包括蜜橘和杨梅在内的地理标志物等产品在品质和品牌上被不同程度地超越，这一直是乡人们心中最大的意难平。

蜜橘不仅仅是一种人们喜欢的水果，百姓赖以生存的首要经济作物，更积淀着人们的家乡情结。新界的千亩橘园不仅背负着柑橘振兴的重任，还寄托着一代人的信心和希望，这是另一种形态的渡口担当。

行走在新界江堤绿道，向北望，刚好细雨不疾不徐，洒落橘海，眼前层层叠叠，绿意盎然，青绿间，光和影中似乎呈现出一种扩张的力量。

春花秋果，香了千年，甜了千年！

翠绿欲滴的新宅有多少故事流传

林海蓓

"黄岩秀气在江北
江北秀气在翠屏"
一个村庄
如何承载一个地方的重量
靠着一座山
就有许许多多的故事
让一代又一代后人传扬

翠屏、灵岩、六潭、紫霄
四座山峰
是四个矗立的碑文
记载了一个地域的历史与文化
樊川书院　石龙书院
新宅黄氏记下了尘埃中的点点余温
峭岩幽洞　摩崖石刻
让千午的时光变慢
一团团绿色的火焰盛大了整个山峦
也有溪流，有瀑布，飞瀑流泉
那是许许多多的英名
微笑着流过苍茫的世间

透过阳光的枝头

苍翠的青山依然耀眼

蓬勃的事业

必将成就更精彩的诗篇

翠屏峰下

柯国盈

由于工作的关系，常常和管兄茶叙闲聊。管兄是黄岩北城新宅人氏，说到他的老家新宅村，他总一脸的傲气直逼而来。我故意试探式地调侃道（其实我也知道一点新宅村的前世今生），新宅村有啥值得你那么骄傲？

新宅村位于黄岩北城翠屏峰下，因在明朝正统年间，黄岩城内后巷黄氏孔昭见翠屏山秀气灵动，就择其山下建了一座新的宅院，从此把此地称为新宅村。黄孔昭也是黄氏一族在新宅村的始迁祖。说到黄氏，不禁让人想起明朝嘉靖年间的刑部员外郎黄绾。据《黄岩黄氏族谱》记载，黄绾乃是黄孔昭之孙，师承明代杰出思想家王守仁。当年黄绾辞官隐居在家里时，在新宅家里边上的灵岩石壁上摩崖石刻好多诗文，至今都能明晰朗读，现在这里的摩崖石刻已经成为黄岩文物保护单位。

我和管兄闲聊兴起时，他提议一起去寻访新宅村的摩崖石刻，还有比摩崖石刻更早的樊川书院旧址。沿着村中小路，边朝着村东的小路去摩崖石刻，边欣赏着这翠屏峰下的新宅村村貌，从村里一路进来，似寻古探幽一般，发现了许多古迹遗存，甚为惊叹。

首先看到的是村东一破旧的寺院，山门都已经不在，再进去看有鹫峰禅寺字样，后经查阅，据南宋《嘉定赤城志》记载，寺院始建丁晋永和中，在这期间的会稽兰亭，正是书圣王羲之与群贤聚会的时期，与王羲之写出《兰亭集序》的年代差不多。到北宋治平二年（1065），被朝廷赐额"鹫峰禅寺"，可见在当时寺院的繁盛。透过破败的窗棂，也就是现在的鹫峰禅寺妙法堂后面山脚石壁处，还能依稀看到"石龙"二字，石龙是黄绾的号。如果没有管兄的指引，这还真难发现。史传黄绾致仕后在此建石龙书院，传经布道，讲学之地。史上记载嘉靖二十一年（1542），哲学史上具有深厚影响的"石龙深辨"就发生在这里。现在岩壁上已经没有书院两字的字迹了，也许经历了那么久的年代，已经风化。站在这岩壁下，似乎听到黄绾他们依然在辨识学术，为各自坚持的理念争得面红耳赤。

从鹫峰禅寺侧旁沿小路进去，少许，左边石阶上去，就到了灵岩洞，即灵岩寺所在。顺着灵岩寺右侧看去，石崖上镌刻着"少谷峰"三个大字，相传这是黄绾得知自己的老朋友，闽中"十才子"郑善夫在武夷因被雪困而亡，悲痛欲绝后在此摩崖上去的，"少谷"两字是郑善夫的字号，也足见黄绾对朋友的深情厚谊。在此摩崖下，还有三处石刻小行书，也是黄绾题刻的三首诗文，这些石刻还都没有风化，字迹依然清晰，其中一首就是写给他的朋友郑善夫的《赠少谷出山》。因为这些石刻存在，这里成为黄岩文风蔚然的一个活史书，向现代的学者提供了翔实的资料，对于我们了解明朝嘉靖年间的黄岩文化提供了帮助。

灵岩寺左侧，有一条崎岖山路，现在已经长满了矮灌木，山路中间长满了杂草。沿着这条小路上去，就见一小型水库，在水库旁边，在杂草丛中，还看到一堆残垣断墙，这就是南宋时期著名的樊川书院。据传，樊川书院是由翠屏峰下左侧的杜家村——即南宋名相杜范故里——村里杜姓两兄弟所建。站在古书院旧址向南眺望，不远处的永宁江蜿蜒流淌，黄岩城里一览无余，风景优美，怪不得当时著名思想家叶适慨叹道：县直北上，爽气浮动，花柳之丽，雪月之胜，无不在江北。据记载，南宋淳熙年间，南宋大儒朱熹到达黄岩委羽山游历，受朋友之邀，到樊川书院讲学，朱熹到此往黄岩城一看，也不禁感叹道：黄岩秀气在江北，江北秀气在翠屏。因此足见当时的樊川书院所在地翠屏山风光旖旎，秀气灵动。真是羡慕当时在此读书学习的书生们，在这样优美的环境下学习是多么舒适啊！

听到这里，管兄过来跟我说，若干年后，杜范也在这里读书了。他说杜范就在他村东头的这个村，然后用脚踩了踩站着的地方，又满怀自豪地说，我们翠屏山真的是人杰地灵。我接过话头说,杜范小时候是在樊川书院读的,并且在灵岩寺边上有杜范留下的诗《空明洞》一首。杜范乃南宋第一名相,死后葬于牌门村,牌门村的村名也是因杜范的墓前立有牌坊而来。管兄点点头,再回头看了看樊川书院旧址,若有所思。

我们原路返回,看着夕阳,我们又在灵岩寺处,指点石刻,他说以前听村里年纪大的老人说这里也有朱熹题刻的"寒竹松风"四字,只是具体在哪个地方,尚不得知,看天色不早,我们也没有寻找。管兄说:在我们新宅村2平方公里的土地上,居然有那么多处古迹遗存,在黄岩全境,也是少有的。看到他脸上洋溢着自豪的笑容,西边的夕阳也灿烂地笑了。我也替他自豪!

翠屏峰下,养育着1800多人的新宅村,如今已是远近闻名的淘宝村,全村有一百多名大学生人才。新宅村,依然文风蔚然,文脉延续不断。走在新宅村古迹遗存边的小路上,似乎还能听到樊川书院、石龙书院里传来的琅琅书声,耳边似乎还回响着南宋大儒朱熹滔滔不绝的布道讲学声。

一座翠屏峰,半部宋韵史。也许有了翠屏峰上的南宋大儒朱熹讲学处的樊川书院,才有了后来明朝黄绾的石龙书院,也许这是文脉的延续,又侧面印证了翠屏峰是个人文荟萃的好地方。

新舟桥·船梦

戴媛媛

一艘古老的木船
停在村里不起眼的塘中
船上碧绿的芳草
连接了八百多年的岁月
那是衣冠南渡的宋朝
遥远得像一个难醒的梦

只是浮桥中小小的一艘
停在断江的这头
渡口连着山头
飘飘摇摇的孤舟
曾抵挡过汹涌的海潮
如今梦着它怀恋的一切

摇动的银铃
黄牛的轻哞
碎在水中的月
荡漾铺满青萍的涟漪
大海，退到了很远的地方
只有浮桥还承载着

或轻、或重的落足

新的桥代替了舟
但梦里还是有很多的人
从木船身上走过
一头连着头陀、临海
一头送往永嘉、温州
岸边小树轻摇
温柔铺落一船花被

舟渡不朽迎新生

叶晨曦

在澄江街道中西部，满目橘林沿着永宁江亭亭玉立，中华橘源是千年来不变的刻在岸边世代生活在这里的人们骨子里的声音，呼唤着他们不断前行。橘林间，山头舟、沈岙里、桥前三个村庄相依相伴，一起成长。2018年，三村合并，千年来的骨血相融，在柑橘蜜汁的酿造下，紧紧依偎，在这一刻融为一体。它有了一个新的名字——新舟桥。

千年后的今天，新舟桥村里，新生命、旧传承，曾经的潮起潮落，随着小船驶向了生机勃勃的明天。

走在绿树成林的黄长路，路过中国柑橘博览园，在一个不起眼的路边，就可看到一个不起眼的路牌：新舟桥。入口小，一个不小心就可能错过。就像无数个不小心，错过与这个村庄的相识相知。

往里走没几步，里面逐渐开朗，入眼便是新舟桥村文化礼堂。天色逐渐暗下来，这个地方却没有安静下来。喧嚣的乐声，热闹的舞步，在这里激情地跳动。这是新时代村民们精神生活的一角，哪怕是这片离城市有点远的小村，人们依旧可以追求丰富多彩的夜生活。

见有客来，她们停下舞步，热情地介绍着自己的村庄。这个位于澄江岸边的村庄，就如其他澄江两岸的土地一样，种满了柑橘。中华橘源那张沉甸甸的金名片，也有一份他们的心血和汗水。橘园，是载着他们祖祖辈辈走向未来幸福生活的航船，他们在橘园里劳作、嬉闹、采摘……一代又一代走到了今天。

连接着村民们从昨天走到今天的，还有一座桥。古桥几百年，浮在澄江水面上，浮在澄江街道山头舟和头陀镇断江村之间，也浮在两岸人们的心里。

这里原有一个渡口，叫断江渡。断江，是对岸村庄的名字。《黄岩县地名志》记载：断江，因地处永宁江中游，河道在此向南伸展形成一个大汇头，仿佛要把江水拦腰截断似的，故名。

古渡不知始于何年何月，只知在南宋《嘉定赤城志》中便有记载："断江渡，在县西一十七里。"这里自古就是交通要津，是黄（岩）临（海）捷径的必经之路。我们可以想象，昔日村民挑着自家种植的柑橘，从家里出发，坐船过断江渡。往西北方向，走过头陀桥，走过白芙塘、横山、潮济，翻过胡村岭、义城岭头，风尘仆仆地来到临海。

渡船，受水流及风浪影响。而从潮济往下游的十几个渡口中，因为断江区域水流尤为湍急，断江渡最危险，过往的船只常常倾覆。明代万历年间，袁应祺到黄岩当县令，他来到断江渡，提出筹款建桥，并带头捐出俸银，四处筹集资金，民众争相捐助，唯恐自己落后了。

建桥又岂是一个容易的活？据说有个负责建桥的僧人叫玄蕴，他跳入湍急的洪流之中，在激浪里入江底，测定水位深浅，经过艰苦的勘测，定下桩点，将原木夯入江底，墩边打木桩以抵挡水流冲击，两墩之间架一梁，每梁长阔相等。水之寒，流之急，我们不曾感受，却能深刻地体会到其中之难。

石桥在明万历五年（1577）三月动工，于明万历七年（1579）八月建成。桥成之时，袁县令题曰"利渡桥"。我不知取这名时，是否希望这座桥能够利于渡两岸百姓过河，但我知道，它实实在在是一座利民之桥。

奈何古桥的命运多舛，不知过了多少年，桥毁坏了，因流水湍急，多次重建都没有成功，只能恢复了渡船。时间兜兜转转，似乎又回到了原点。

直到清嘉庆十七年（1812），太学士潘荣耀聚集绅士筹款重建石桥，没想到遇上大潮汛，两端新筑堤岸被大水冲毁，堆放在岸边的石材也失去了大半。浮桥就这样在潮流与艰险中应运而生。

四十只木船，搭出了百丈长的浮桥，历时十余年。利渡浮桥横卧澄江之上，从竹索当缆绳，固定于两岸的石雕"狼"上，到改用铁链，浮桥也曾被冲散，又被修建。几番沉浮，浮桥上走过了多少人，我们数不清。只知道，从那以后，来往两岸的人们，再也不怕被巨浪吞噬了。

1940 年，上路人徐从学捐资修利渡浮桥，县长徐用赠匾额以示嘉奖，浮桥改称山头舟浮桥。直到治理永宁江时将断江这段截弯取直，为方便两岸交通，在山头舟浮桥原址新建一座桥梁，浮桥退出历史的舞台。

"不断澄江水，滔滔自古今。"澄江曲折，两岸往来的曲折，都随着潮流慢慢浮动。

小船，曾经托起一座桥，连接了两岸人民。他们从此岸走到彼岸，又从彼岸走到此岸，来来往往，几百年的光阴在长河中流淌。柑橘的交流、血液的交融、亲友的交汇，串起了一个个故事片段，在这方水土中滋养。

哪怕是几百年后的今天，浮桥已不在，小船却犹存。在新舟桥村的一口荷塘里，两艘船停在水中央，那正是昔日托起浮桥的其中两艘船。水中荷叶飘动，将小船儿围绕在其中。经过岁月的斑驳，它们身上又滋生了新的生命。是一棵棵鲜嫩的青草从船板上探出身来，是一根根藤蔓缠绕在木架子上，也有一棵小树正在茁壮成长。真是神奇的生命啊，从古老衰败的船板中生长出来，装点了这艘开始枯萎的船，又走出了新一年的春天。

新舟桥村，也在走向新的春天。

它们，守着秀岭深蓝的秘密

王嫦青

徐偃王城与东瓯古国在太湖山的星光下
神交。历史的偏爱密密缝补
缘悭一面的遗憾

刀耕火种代表着文明的时候
巨浪般的已知和未知
开启了相互交错向前滚动的轮子

深刻地碰撞、重逢
或者带着一些隐喻的巧合，孕育着
追根溯源，酽酽的泉眼
唐岭、秀岭，一双纤玉的手
环抱深厚的依恋
捧出一颗碧翠的明珠

数不尽的遐想和祝福被静静地存放
被光阴反复擦拭和涂层
泛着月光之色的瓷器和铁器
身上的泥浆、锈斑
随取一处，都能解剖出星火璀璨

永葆青春的油菜花和小麦
在每一次春风中循环苏醒和开花
重读和升华，被无限浇灌的密码

台温古驿道、王启碑、将军庙……
缄默已久。守着神秘花园青铜色的钥匙扣
山林和村庄的根系是连在一起的
未曾出离蓝色的象形
梯田的最底下，藏着深不见底的灿烂

秀岭风光惹人醉

辛仕忠

　　院桥镇地处黄岩南端，南接温岭大溪镇，东于鉴洋湖接壤路桥螺洋，是黄岩南乡重镇。古有台温古道穿越而过，今设甬台温高速台州南出口，路网交织、交通发达。机器与工人合作生产的工艺品、塑料品、衣帽和文具从这里流向远方，沃土与新农民共同孕育出荸荠、杨梅、甘蔗和西红柿，吸引着四方游客的味蕾。院桥的味道，有现代的工业气息，更有浓郁的泥土芬芳。

　　从院桥北端别墅林立、鸟语稻香的梁湖桥村，到西南角绿水青山的秀岭村，只需要十几分钟。当车沿着秀岭水库蜿蜒前行，记得放慢速度，把所有车窗打开。这里的空气沁人心脾，森林的馨香与水汽的氤氲水乳交融，可以尽情享受大自然的馈赠，在秀岭氧吧里沉浸微醺。或许是沉醉而不知路了吧，领队老师居然在进村的岔路口走错方向，让人哑然。

　　我们泊车在秀岭文化礼堂的老樟树下。礼堂面积虽小，却不失稳重，厚重的村史文化让人肃然起敬。进门摆设的酒坛盐罐，还有一些不知名的老陶器，吸引着大家的眼球，也激发了好奇心，如懵懂少年，七嘴八舌问个不休。年轻的村务人员也是只知其一不知其二，于是大家充分发挥想象力，让大脑机器努力运转，乐在其中，欢声笑语不断。这些老物件如几碟前菜，初步激发了味蕾。而进入大厅，映入眼帘的整面墙壁关于将军祠、王启的介绍，才是关于秀岭村悠久历史的文化大餐。大家屏声静气，抬头瞻仰。

　　明嘉靖三十二年（1553），大批倭寇由太平县（今温岭）登陆，窜犯黄岩，官兵逃遁，百姓遭殃。于是院桥秀岭一带义民四十余人，在于二、于三等带领下，举义旗，护乡民。手握简陋农具以抗锋利倭刀，游击险道血战郊田，终因寡不敌众，全部壮烈牺牲。先民的义勇事迹刻于石碑，石碑虽几经损毁，但其精神世代流传，已经深刻在后人心底。

而明嘉靖六年（1527），时任刑部右侍郎王启蒙冤革职回乡，在此居住。他是黄岩南乡职别最高的官，因其一身正气两袖清风，不惧权贵刚正不阿，成为历代南乡人的骄傲，也同样是当今秀岭人心中最敬仰的乡贤。

时移世易，秀岭人继承于先人的一腔热血和一身正气，一直激励着他们在新时代继往开来，为追求更加幸福美好的生活而奋斗不息。现在的秀岭人，靠山吃山，不畏艰难，发挥着勤劳与聪明才智，在苗木栽培领域精益求精，并与时俱进。让桂花香从秀岭出发，越飘越远；形态各异的林木也扮靓了城市的大街小巷。苗木之乡的美名从此远扬，并经久不衰。

苗木走出去，游客请进来。近年来，远有全国各地旅游爆款频出，近有黄岩各村乡野秀色吸睛。拥有独一无二的山水资源，秀岭村也开始琢磨挖掘适合自己地理特色的旅游资源。于是近10公顷的秀岭农业景观工程酝酿开来，并在逐渐成熟中。错落有致的梯田土坎砌起来了，灌溉渠、排水沟因地制宜，水塘、山塘、拦水坝错综复杂，黄泥碎石田间道像是旅行者的金光大道。当你面向远处波光潋滟的秀岭水库，身后是几幢青砖黑瓦的二层小楼，左边是一片片青绿的麦苗荡漾，右边是一畦畦鲜艳的油菜花黄。然后张开双臂，迎着微风，在松软的山坡泥路上起飞吧，做一只自由自在的风筝。

如火如荼的乡村旅游，一是为了放空自己积蓄能量，二是为了探寻独特的乡村野趣。在秀岭空旷的山水湖田间，天蓝云白，空气都有股香甜味道，心灵是自由的，脚步也欢快着。于田间地头追逐飞舞的蝴蝶，追着追着便追回了无忧无虑的童年。跑乏了，就找个地方躲起来，躺下，打个盹儿。或许能听到王启在感叹，居庙堂之高则忧其民，处江湖之远则忧其君。先天下之忧而忧，后天下之乐而乐。又或许，能听到先民勇士们扛锄具与倭刀酣战之声不绝于耳。战到紧张处，恨不能自己挺身而出，助先民一臂之力，大无畏精神油然而生。休憩醒来，犹如新生，正能量满满，纵有艰难险阻，我自奋勇向前。

秀岭如此风华绝代，却仍待字深闺无人识，确实令人惋惜。我们一行人站在田头，指点湖山，感慨村庄变迁，畅想新农村发展的美好未来。优雅的女士则轻轻地蹲在地头，温柔抚摸嫩绿的禾苗，自嘲分不清麦苗还是茭白。我们探讨是否可以举办时尚活动，吸引游客前来。有人却信心满满，说只要把照片、视频发出去，标识定位秀岭，游客自会纷至沓来。是啊，乐山乐水得静趣，一丘一壑自风流。

　　流连多时，我们才与热情无邪的村民笑脸告别，再次从朴实无华的秀岭村屋间穿行而过。水库岸边，道路两旁，枝头的嫩芽逐渐冒出，花苞也在次第开放，春天来了，秀岭的春天也要来了。

福地羽山

应佳依

比一根羽毛轻盈
比一座山沉重
道可道，非常道

委羽山上能否找到方石
空明洞能否通往东海
铜镛能否水遁

确定的是
红梅年复一年地香
橘花年复一年地开
羽山新村居民脸上的微笑
画出幸福的曲线

羽山村：洞天福地委羽山

陈　静

　　羽山村的得名是由于委羽山。这是一座并不算巍峨的山。千年以前，因为这山这水这井这方石，一个叫刘奉林的老人，找到梦寐以求的炼丹修道的终点，在这里骑鹤飘然而去。一根轻盈而洁白的羽毛落下，给这座小山留下了一个名字。有了仙人，就有了道观，有了传说，有了村庄。

　　黄岩城南五里，委羽山从平川隆起，山似龟形，与周边四座小山按照金木水火土五行之势依次排列。这座看似寻常的小山，却是大名鼎鼎的道教天下第二洞天所在。一人一山就是仙，山不在高，有仙则灵。道教有十大洞天七十二福地"洞天福地"之说。委羽山坐拥"第二洞天""第四福地"，幸甚至哉。

　　经过一片片白墙围起的拆违后的地块，拐过几条小巷，来到了任政题字的"第二洞天"石牌坊。这座质朴无华的牌坊是20世纪80年代重建的，略显寂寞地立在路边。过了石牌坊，一段开阔的马路通往迎仙桥。这座清代石桥，而今只在平地上露出两侧雕饰着精美图案的石栏板。

　　过桥便是新修的山门。再往前，一片古柏蔽天翳日，绿荫掩映下，古朴素雅的大有宫跃入眼帘。门前东西各有一池，西池为圆，东池为方，清澈如镜，堪舆家称为"龙眼"。西池旁有一条山路，拾级而上可通往西山冈上的骑鹤宫。

　　大有宫始建于南梁，几经风雨，始终依偎在委羽山脚，历经数次重建和修缮，如今的大有宫主体建筑大多修建于清代乾隆、嘉庆年间，现为浙江省文物保护单位。斑驳的白墙、落漆的木门、飞翘的檐角留下了岁月斑驳的痕迹。门口左右两壁写有"龙""虎"两大字，刚劲有力，颇有道家风范，正合道教"左青龙，右白虎"镇守道观山门一说。

山门后是个小院子，对面便是九天应元府，正中龛内供有雷祖师，两旁是神态各异的雷公电母等八将神像。不过，外面照壁上题写的"委羽仙踪"四字相当显眼。东边靠墙处有一口瑞井，富有传奇色彩。相传此地原有一株琪树，后被风雷所拔，被人砍掉当柴烧，焚之有异香，后在原地挖出方石无数，并有泉水涌出，清洌甘美，就在此地开凿成井。

再往里，便是大有宫的主殿凌霄宝殿，也就是雕梁画栋、香烟袅袅的玉皇殿。大殿正中塑有高大的玉皇大帝坐像，峨冠华衮，形态逼真。左有吕祖殿，右是邱祖殿。留存至今的明清神像，还有散布院内各处的旧匾额，为这座宫观增添了深厚的历史与文化底蕴。

灵霄殿西院内有一丹井，清纯甘洌。传说历代道人取此水炼丹，故名丹井，且四时不枯，宜酿酒。直到今天，丹井井水仍然备受周边百姓与爱茶人士的喜爱，汲水者络绎不绝。

大殿后边是方丈楼，上悬"方丈"两字木匾，二楼为三清阁，供奉道教玉清元始天尊、上清灵宝天尊、太清道德天尊，也就是盘古、玉晨道君和太上老君。楼后便是闻名遐迩的大有空明洞，俗称"羽山洞"。旧传有道士背一筐蜡烛入洞，燃尽后，闻划船橹声而返，故有此洞深不可测，通东海之说。还有仙女自洞中出入嬉戏等记载。洞口一人多高，野草在洞口四周舒展着茎叶，生机勃勃。周边立着好几方石碑。洞壁及洞前土地都以混凝土浇筑而成。洞内冬暖夏凉，黑森森的。出于安全考虑，深洞已堵，现在仅能进洞十来米。

不能错过镇宫之宝镛钟。这口镛钟可是大有来历，相传是北宋宋徽宗赵佶御赐宝物。政和年间，大有宫主持范锜用丹井符水治好了宋徽宗的病，御赐上真寿星玉像、太乙剑、东皇镛三宝。几经坎坷，仅剩镛钟，清时复藏于大有宫内。中华人民共和国成立后，真正的镛钟作为文物收藏于黄岩区博物馆，大有宫中的委羽山那个是等比例的复制品。

自刘奉林在此修道成仙开始，相继出了葛洪、杜光庭、范琦、张伯端等无数知名仙道。清中叶，黄岩人杨来基重振大有宫，大有宫成为浙江东南乃至福建等地道教全真龙门派的发源地。中华人民共和国成立后，曾任大有宫方丈的黄岩人蒋宗瀚，1962年出任中国道教协会副会长。

千年委羽，道家圣地，引得众多的古今名流墨客探奇览胜，题诗作对。不少文人名流将此作为身后的归宿。李匡墓前的司马真君像石刻今日仍在，立于山西北江岸的路中央，行人经此，难免会有幽幽怀古之思。

几经风雨，历经沧桑，那个骑鹤飞升的传说，伴随着漫卷的山岚雾气升腾变幻，赋予这里一种安静祥和的独特气质。文化是一座城市的根，城市因有了文化，才有经久不衰的魅力与源源不断的活力。委羽山不仅是一座道教名山，也是一座文化名山，是黄岩文化脉络的重要组成部分。正在建设的委羽山文化公园，将成为黄岩南北文化轴南端点的重要核心。

2017年，因委羽山文化公园工程建设需求，羽山村拆迁工作全面启动。2022年，羽山一期安置房工程项目竣工交付，安置826户居民，二期工程建设正如火如荼地推进。随着委羽山文化公园建设的有序推进，委羽山脚下的羽山村村民们正切身感受着这块土地的美丽蜕变。

在这里，集生活消费、文化旅游、医疗康养为一体的高品质综合城市板块，即将成为一个文旅赋能的城市新地标。在这里，优美的自然景色与朴素的道教传承相得益彰，历史的厚重与新生的现代时尚完美融合。在这片云蒸霞蔚、钟灵毓秀的土地上，继往开来，再创辉煌，续写新时代华章。

图书在版编目（CIP）数据

村庄物事 / 天界主编. -- 上海 : 文汇出版社,
2024.11. -- ISBN 978-7-5496-4374-5

　　I. I217.1

中国国家版本馆 CIP 数据核字第 2024ZQ7523 号

村庄物事

主　　编　天　界
封面题字　王　野
责任编辑　徐曙蕾
特邀编辑　叶晨曦
装帧设计　红　红

出版发行　🄼文匯出版社
　　　　　上海市威海路 755 号
　　　　　（邮政编码 200041）

照　　排　南京理工出版信息技术有限公司
印刷装订　上海颛辉印刷厂有限公司
版　　次　2024 年 11 月第 1 版
印　　次　2024 年 11 月第 1 次印刷
开　　本　710×1000　1/16
字　　数　220 千
印　　张　15.75
插　　页　10

ISBN 978-7-5496-4374-5
定　　价　68.00 元